二見サラ文庫

恋する弟子の節約術

青谷真未

| Illustration |

和遥キナ

C O N T E N T S

ここまでは、すべて文緒《ふみお》の想定内だった。

製菓学校を卒業して憧れのパティスリーに就職できたことも、職場からほど近い場所に好条件のアパートを見つけられたことも、十年近く世話になっていた伯母《おば》夫婦が、一人暮らしを始める文緒を笑顔で送り出してくれたことも。

全部想定通りだったのだ。パティスリーのオーナーが有名ホテルに引き抜かれ、就職して一ヶ月で店が閉まることになったのも。入居したばかりのアパートから追い出されたのも。

いや、最後のそれだけは多少想定と違ったが。

(まさか帰ったらアパートが燃えてるなんて)

夜の公園のベンチに腰かけ、文緒は両手で顔を覆う。

今日は最後の出勤日だった。文緒が経理に振込先を申請するより先に閉店が決まったので、初任給はオーナーから手渡された。そうして家に帰ってみたら、アパートが燃えていたのだ。通帳などの貴重品や衣類は一切持ち出せず、手元に残ったのは普段持ち歩いている革のショルダーバッグと財布、受け取ったばかりの給料袋だけだった。

絶望的な状況だが、じっとしていても事態は好転しない。文緒は化粧っ気のない顔を両手でごしごしと擦《こす》って頰を叩《たた》く。

もともと通帳にはほとんど貯金もなかったし、引っ越したばかりで家具もまだ買いそろえていなかったのは不幸中の幸いだ。目下の問題は今夜をどこで過ごすかだが、すでに日は落ち公園内に人気《ひとけ》はない。五月の初旬、夜はさすがに冷えるだろう。家を出るときは日差しがあって暖かかったので、白いブラウス一枚にキャラメル色のロングスカートを穿《は》いているばかりの文緒には上着すらない。

一瞬、伯母夫婦の顔が頭を過《よぎ》った。男手ひとつで文緒を育ててくれた父が亡くなって以来、文緒を実の娘のように養ってくれた人たちだ。

文緒は首を横に振る。肩で切りそろえた髪が頰を叩き、頼れない、と思い直した。伯母たちから離れるために自分はあのパティスリーに就職したのだから。

ベンチの背凭《せもた》れに身を預け、溜息《ためいき》をついたら唇が震えた。自分でも弱気になっているのがわかる。己の願いが一ヶ月しか叶《かな》わないのは最初からわかっていたことなのに。

この先どうなるのかわからない寄る辺ない気分は、父親が亡くなる直前にも味わった。病院の片隅で泣いていたあのときは、自分に声をかけてくれた青年がいた。小学生の文緒よりずっと背が高く、どうした、と尋ねる声は優しかった。

「──魔法使いのお兄さん」

月を見詰めたまま呟《つぶや》く。子供の頃も同じように彼を呼んだ。相手は少し照れくさそうな顔で笑って、そうだな、と頷《うなず》いてくれた。

もう十年以上前に見た青年の顔を、久しぶりに鮮明に思い出した。表情が乏しいので一見怖そうだが、泣きじゃくる文緒を不器用にあやす手つきは優しかった。少し黄色がかった瞳の色は独特で、後にあれを琥珀色《こはくいろ》と呼ぶのだと知った。

大丈夫だ、と背中を叩いてくれた大きな掌《てのひら》の感触を思い出したら、思うより先に口に出して呟いていた。

「もう一度、魔法使いのお兄さんに会いたい……」

その言葉は思ったよりも切実に空気を震わせ、文緒ははっと目を見開く。

うっかり願いを口にしてしまった。いつもはきつく戒めているのに。

「なんて――冗談！ 冗談ですから！」

人気のない公園で声を張り上げる。誰に聞かせるつもりもなかったが、声には自然と言い訳めいた響きがこもった。慌ただしくベンチを立ち、逃げるように公園を出る。

とりあえず、今夜はマンガ喫茶かカラオケ店に泊まろう。先のことを考えるのは後回しだと公園から飛び出したところで、突然視界が砂嵐で遮られた。立《た》ち眩《くら》みだ。

まただ。最近多い。目を見開いているのに何も見えず、当てもなく片手を前に出したところでクラクションの音が耳を貫いた。

急速に視界が戻る。いつの間にか道路の真ん中までふらふらと歩き出していた文緒を、迫りくる車のヘッドライトが照らし出す。

とっさに動けず硬直していたら、誰かに勢いよく腕を掴《つか》まれた。踵《かかと》が浮くほどの力で腕を引かれ、どっと何かに体当たりする。文緒は地面に倒れ込み、その傍らを猛スピードで車が通り過ぎた。

辺りに静けさが戻り、震えながら身を起こそうとして誰かを下敷きにしていることに気づいた。慌てて起き上がり、仰向《あおむ》けで倒れ込む男性に手を差し出す。

「大丈夫ですか！　すみません、私——いえ、ありがとうございました！」

謝罪より先に助けてもらった礼を述べる。相手は文緒の手を取ることはせず自力で起き上がると、片手で自身の後頭部を押さえた。

長い前髪が男性の顔を隠す。緩く癖のついた髪は項《うなじ》を隠すほどに長い。白いシャツにスラックスと服装こそ真っ当だが、髪型のせいかもう少し自由な職業についている雰囲気があった。

怖い人だったらどうしよう、と青ざめる文緒の前で、ようやく相手が顔を上げた。

街灯が相手の顔を照らし出す。前髪の下の目が光を受けて黄色く光った。日本人にしては珍しい、琥珀に似た瞳の色だ。

見覚えのある目の色に心臓が跳ねた。信じられず相手の顔を凝視する。

少し吊《つ》り上がった目と高い鼻、整っているだけに無表情で見詰められると怯《ひる》んでしまいそうなこの顔を、以前見た。

心臓の鼓動が一足飛びに速くなる。まさかと思った。もう十一年も前に会ったきりの相手だ。しかしあまりにも当時の印象と酷似している。

あのときも怖そうなお兄さんだと思った。相手が口を開くまでは。

地面に座り込んだ男性は文緒を見上げ、小さく口を開く。

「怪我《けが》は？」

記憶の中より低い声だった。けれど相手を案じるような柔らかな響きはそのままで、文緒は両手で口をふさぐ。興奮して、喉の奥から悲鳴とも歓声ともつかないものを迸《ほとばし》らせてしまいそうだった。

改めて相手の顔を凝視して、間違いないと確信する。

文緒はその場に膝をつき、正面から男性の顔を覗《のぞ》き込んで叫んだ。

「貴方《あなた》、あのときの魔法使いですか！」

心臓が激しく脈打って、自分でも声が震えているのがわかった。にわかには信じられなかったが、文緒の願いは叶ったのだ。それもこんなに早く。いつもならもっと長い時間集中して願わなければ叶わないのに、『会いたい』と呟いたあんな一言で。

信じられず息を震わせる文緒の前で、相手は不可解そうな顔をする。

「魔法使い……？」

「そ、そうです！　私、前に貴方にお世話になったことが……！」

どこから説明したらいいのだろう。伝えたいことはたくさんある。貴方には感謝している、ずっと会いたいと思っていた、それからそれから。

（貴方は私の、初めての――）

勢い込んで身を乗り出したら、相手が怯んだように体を仰《の》け反《ぞ》らせた。バランスを崩したのか片手を地面につき、顔を歪《ゆが》めて低く呻《うめ》く。それを見て、文緒はさっと表情を険しくした。

「もしかして、どこか怪我を⁉」

「いや、気にするな……大したことじゃない」

「気にします！　そうだ、救急車！」

「大丈夫だ、その辺の病院に行けば」

言葉の途中で男性が再び顔を顰《しか》めたのを見て、文緒はそれ以上相手の言葉に耳を貸すことなく、近くの公衆電話に飛び込んで救急車を呼んだ。

文緒を車から庇《かば》ってくれた男性の名は、三ノ宮宗隆《さんのみやむねたか》というらしい。

救急車に乗るや宗隆はすぐに意識を失い、病院に着いても目を覚まさなかった。重大な怪我でも負ったのかと青ざめたが、医師によると熟睡しているだけらしい。ついでに右手首にひびが入っているそうだ。

文緒はその晩、近くのマンガ喫茶で夜を明かすと、夜明けを待って再び病院に戻った。

朝から込み合うロビーを横切り宗隆の病室へ向かおうとしたが、精算受付に背の高い男性の後ろ姿を見つけて足を止めた。項が隠れるほど伸びた癖っ毛に白いシャツ。右腕にギプスをつけて三角巾で吊っているのは、宗隆だ。

大股で受付に近づくと、宗隆の低い声が微《かす》かに聞こえた。

「……支払いは待ってもらえるものですか？　手持ちがそれほどなくて」

その言葉を耳にするが早いか、文緒は斜めがけにしていたバッグから給与袋を取り出してカウンターに叩きつけた。

「いえ、この場でお支払いします。おいくらですか？」

宗隆はぎょっとした表情で振り返ると、文緒を見て「お前、昨日の」と目を見開いた。

朝の光の中で見ると、宗隆の瞳は一層明るい琥珀色だ。

懐かしい色だった。長年焦がれた色でもある。

文緒はどぎまぎしながら宗隆から目を逸《そ》らすと、半ば強引に入院費と治療費を支払った。

初給料はそれでほとんど飛んでいったが悔いはない。

宗隆は受付の女性に何か言おうとしたが、一度払った金を返せとも言えない。その場を離れ、ロビーの隅で文緒に詰め寄ってきた。

「おい、どうしてこんなことを……！」

「昨日、助けてもらったので。その怪我だって私のせいなんですから」

「こっちが勝手にやったことだぞ。さっきの金は返す。今すぐ――は、ちょっと無理だが、連絡先を教えてくれ」

「いいです、連絡先もありませんし」

スラックスのポケットからスマートフォンを出そうとしていた宗隆の手が止まった。

「どういう意味だ？」

「住んでいたアパートが火事になって、家がないんです」

「実家は？」

「両親は亡くしました」

母方の親族はおらず、父方の祖父母も他界している。唯一の親族は伯母夫婦だが、もうあの家に面倒はかけられない。

思い詰めた顔でそう返した文緒は、宗隆がずっとこちらを見ていることに気づいて視線を泳がせた。

急速に心拍数が跳ね上がる。あんなに会いたいと思っていた人と再会できたのに、いざ目の前にするとどんな顔をすればいいのかわからない。見られていると思うと頬に熱が集まってきて、文緒は裏返った声で話を切り上げようとする。

「では！　私は市役所の生活自立支援課に行かなければいけないので、これで！」

そのまま踵《きびす》を返そうとすると、後ろから宗隆に肩を摑まれた。

「待て、さっきの金は？　給料袋に入ってたが、まさか今月の給料じゃないだろうな？　この先一ヶ月どうするんだ、職場に説明して前借りでもするつもりか？」

「しょっ、職場はありません」

肩を摑む手から伝わってくる体温に動転して口を滑らせた。途端に宗隆の表情が険しくなって、失敗したと思ったがもう遅い。言い繕う間もなく、宗隆の手が移動して文緒の腕を摑む。真正面から向かい合う形になって、文緒は視線を定めることもできない。

「詳しく聞かせろ」

顔中赤くした文緒が腰を抜かしそうになっていることも気づかず、宗隆はそのまま文緒の腕を引き、病院内の喫茶店に連れ込んでしまったのだった。


笹谷《ささたに》文緒、二十歳《はたち》。春に製菓学校を卒業してパティスリーに就職。しかし就職から一ヶ月で失業。先月の給料を受け取り、帰宅したらアパートが燃えていたのが昨日の夜。

宗隆と喫茶店に入った直後はうろたえて受け答えも怪しかった文緒だが、己の窮地を語るうちに冷静さを取り戻してきた。

淡々と現状を語る文緒を見て、宗隆は沈痛な面持ちで目頭を揉《も》む。

「……頼れる親族はいないのか」

文緒は一瞬口ごもったものの、「いません」と断言した。

住所不定、無職、身寄りなしという三重苦を知られるのは恥ずかしかったが、事実は事実だ。取り繕っても仕方がない。

堂々と前を向く文緒とは反対に、宗隆は両手で顔を覆ってしまった。

「そんな状態で他人の入院費なんて払ってる場合か。野垂れ死ぬぞ」

「案外どうにかなりますよ。幸い冬場でもありませんし、雨風さえ凌《しの》げれば野宿は可能です。その辺の雑草だって綺麗《きれい》に洗えば食べられますし」

宗隆が指の間から目を覗かせる。愕然《がくぜん》とした表情だ。

余計な心配をかけまいと思っての発言だったが、ここまで言う必要はなかったかもしれない。しかし一度口にした言葉を取り消すこともできず、文緒は開き直りに近い気持ちで宗隆を見詰め返す。

「……本気で言ってるのか」

「本気です。子供の頃もよくやってました。田んぼのザリガニだって泥抜きすれば」

「やめろ、想像したくない」

顔を覆っていた手を下ろし、宗隆は手元のコーヒーカップに目を落とした。

「雑草を食べるなんて、いったいどんな野生児だったんだ」

「野生児というか、父と二人暮らしでお金がなかったものですから。小さい頃に母が病気で亡くなって、小学校に入ったら今度は父が体を壊して。だから近所の畑によく忍び込んで──」

「野菜を盗んだのか？」

宗隆の声が低くなる。鋭い目つきにたじろぎ、文緒は慌てて首を横に振った。

「違います、雑草を取ったり肥料を撒《ま》いたりして、そのお駄賃に野菜をもらってたんです。頼まれてもいないのに仕事をするので最初は不審がられるんですけど、それを撥《は》ねのける勢いで一心不乱に仕事をすれば、大抵の人はお礼に野菜をくれました」

宗隆の表情がわかりやすく緩んで、文緒も胸を撫《な》で下ろす。野生児と言われるのは致し方ないとしても、犯罪に手を染めていたと勘違いされたくはない。

宗隆はコーヒーを一口すると、また難しい顔に戻って溜息をついた。

「見た目に反して根性があることはわかったが、家も仕事もない状況じゃ、他人に施してる余裕なんかないだろう」

「そうかもしれませんが、貴方は私の恩人なので」

「昨日のことなら……」

「昨日だけじゃないんです。前にもお世話になったことがあります。貴方の魔法で」

ソーサーにカップを戻そうとしていた宗隆の手元が狂う。カップの中身がソーサーを汚し、文緒は紙ナプキンを手渡しながら尋ねた。

「そういえば、怪我をしたのは右手でしたね。利き手なんじゃないですか？ もし砂糖やミルクを入れるなら言ってください。すみません、気がつかなくて」

「待て、魔法というのは？」

宗隆は本気でわけがわからないという顔だ。文緒もきょとんとして首を傾《かし》げる。

「貴方、魔法使いですよね？」

「違う」

言下に否定されて目を瞬《しばたた》かせる。まさか宗隆は、かつて病院で文緒を慰めてくれた青年とは別人なのか。しかしこんな不思議な色合いの瞳を見間違えるとも思えない。

「でも私、貴方から組紐《くみひも》のお守りをもらったことがあります。『君の願いはきっと叶うよ。俺がこのお守りに魔法をかけておいたから』って言ってくれて、だから私、貴方のこと『魔法使いのお兄ちゃん』ってずっと呼んでたんです」

「いつ頃の話だ？」

「もう十年は前ですが」

十年、と呟いて宗隆は首を傾げる。記憶にないらしい。

そのことに、文緒はがっかりしたようなほっとしたような、複雑な気分を味わう。

自分にとっては長年忘れられなかった大切な思い出だ。忘れられていて寂しい反面、当時の自分の言動を思い出すと、むしろ忘れてくれていてよかったような気もする。あのときの文緒はまるで余裕がなく、宗隆に対してもろくな態度を取れなかった。

文緒が内心そんなことを思っているとも知らず、宗隆は記憶を手繰り寄せようと眉根を寄せる。

「俺が独立した直後か……？　子供相手なら本業は名乗らないかもしれないが」

「本業って、魔法使いじゃないんですか？　じゃあ、実際のところは？」

「いや、当たらずとも遠からずと言ったところだ。気にするな」

まともに取り合うのも面倒になったのかぞんざいに言い放ち、宗隆は目を伏せて考え込んでいる。その顔を、文緒は遠慮なく眺め回した。

（……それだけじゃなくて、実は貴方が初恋の相手なんです、なんて言ったら、この人どんな顔をするだろう）

驚くだろうか。困惑されるかもしれない。

文緒も宗隆への恋心に気づいたのは、出会ってからだいぶ時間が経《た》ってからだ。宗隆と顔を合わせたのはほんの二回だが、会えなくなってから何度も宗隆の顔を思い出した。胸に浮かぶその顔が鮮明になるに伴い、文緒は自身の胸に芽生えた恋心をゆっくりと自覚したのだった。

目を伏せた宗隆の横顔を眺め、文緒はそっと溜息をついた。

十年ぶりに見る宗隆は、あの頃よりもさらに精悍《せいかん》になっている。もう気安く「お兄ちゃん」とは呼べないな、などと思っていたら、ふいに宗隆がこちらを見た。

視線が合っただけで心臓が跳ね、文緒はとっさに背筋を伸ばす。見られていると思ったらいっぺんに顔が熱くなって、急に自分の身なりが気になり始めた。

昨日はシャワーつきのマンガ喫茶に泊まったが、化粧道具も何もなかったので完全なる素顔だ。備えつけのシャンプーで洗った髪はぎしぎしと軋《きし》んで毛先も跳ねている。

内心、天を仰ぎたくなった。初恋の相手に再会できたのは嬉《うれ》しいが、こんなベストとは言い難い状態で会うとは。軽率に会いたいなどと願ってしまった自分を呪い、「とにかく」と話を切り上げる。

「いつか恩返しがしたいと思ってたんです。お金は返さなくて構いませんから」

「そういうわけにもいかないだろう。どうするんだ、これから。頼る当ては？」

「目下のところ市役所ですね」

話に夢中ですっかり冷めてしまった紅茶を手元に引き寄せ、文緒は事もなく答える。金銭的に余裕のない生活は子供の頃から慣れている。やりようはいくらでもあったが、そうとは知らぬ宗隆は重苦しい表情でスマートフォンを取り出した。

「待て、誰か紹介する。身元のしっかりした相手を選ぶから心配するな」

「そこまでしていただかなくても……」

「お前が勝手に他人の入院費を払わなければ、俺だってこんな面倒なことはしてない」

宗隆はスマートフォンをテーブルに置き、左手で不自由そうに画面をタップしている。右手は三角巾で吊られているので使えず、いかにもやりづらそうだ。電話帳を見ようとして妙な部分をタップしたのか、うっかり誰かに電話をかけてしまい慌てて通話を切る。焦った拍子にテーブルの端に置かれた伝票のボードを床に落とし、椅子に座ったまま床に腕を伸ばしてギプスがコーヒーカップを掠《かす》めた。危なっかしい。

スマートフォンと格闘する宗隆に、文緒はこう尋ねずにいられない。

「あの、その腕で日常生活に支障はないんですか？」

「ん、まあ、どうにかなるだろう」

「本当ですか？　お家にご家族とかは？」

「いないが……俺のことはどうでもいい。今はお前の話を」

「どうでもよくないですよ」

強い口調で遮って、文緒はテーブルに身を乗り出す。

「私より貴方が心配です。その怪我だって私の責任なんですから！　必要なら私が身の回りのお世話をしたっていいくらいです！」

宗隆は唖然《あぜん》とした顔でこちらを見て、まさか、と眉根を寄せる。

「そこまでしてもらう義理はない」

「義理ならあります。命の恩人なんですから」

「俺の世話を焼いてる暇があったら新しい仕事でも見つけろ」

「じゃあ、ハウスキーパーとして私を雇ってください。住み込みで！」

勢いで飛び出した言葉だったが、一石二鳥の名案ではなかろうか。そうすれば文緒は身を寄せる場所を確保することができるし、宗隆も不自由な思いをしなくて済む。

何よりも、せっかく再会できた初恋の相手とこのまま別れてしまうのは惜しい。少しでも接点を残すことができればという下心もあって身を乗り出したが、宗隆は話にならないとばかり顔を背けた。

「会ったばかりの男の家に住み込むなんて正気の沙汰じゃないぞ。それにハウスキーパーを雇う金はない。客から支払いを踏み倒されて今月は火の車だ」

「だったらますます大変じゃないですか！　私が無償で……！」

「断る」

取りつく島もない。

しかし宗隆が怪我をしたのは自分のせいだ。自分が宗隆に会いたいと願ってしまったから。そうでなければ宗隆はあの場に現れなかっただろうし、自分を庇って骨にひびが入ることもなかったはずだ。

宗隆に恋心を寄せていることを別にしても、このまま別れてしまっては文緒の気が済まない。せめて罪滅ぼしをさせてほしい。

どうにか宗隆を納得させる方法はないだろうか。金銭を受け取らず、一方的に世話を焼いても許される関係――。

思いついた瞬間、文緒は拳でテーブルを叩いていた。

「だったら私を、貴方の弟子にしてください！」

宗隆のカップがソーサーの上で軽く跳ねて、ガチャッと耳障りな音を立てた。スマートフォンを覗き込んでいた宗隆が、「何？」と怪訝《けげん》な顔でこちらを見る。

「だから、私を魔法使いの弟子にしてください。弟子なら無償で師匠の身の回りの世話を焼くのも当然ですよね。丁稚奉公《でっちぼうこう》ってやつです」

「……お前、まだ俺が魔法使いだって信じてるのか」

「さっき当たらずとも遠からずって言ってたじゃないですか」

この際、宗隆が何を生業にしているのかは問題ではない。身の回りの世話を焼く口実が手に入るのなら、魔法使いの弟子にでもなんでもなる覚悟だった。

宗隆は何か言いかけたものの、意志の強そうな文緒の顔を見て思い直したのか口を閉じた。テーブルの上に視線を走らせ、ガラスのシュガーポットに手を伸ばす。

「……本気で魔法使いの弟子になりたいか？」

「もちろんです！」

即答した文緒を横目に、宗隆はシュガーポットから角砂糖をひとつ摘《つ》まみ上げて手の上に置いた。それをゆっくりと握り込み、己の拳を見下ろして言う。

「魔法使いになるにはそれなりの素質が必要だ。素質のない者を弟子にすることはできない。修業につき合うだけ時間の無駄だからな」

言い終えると同時に掌を開く。四角い形を保った角砂糖を文緒の目の高さまで持ち上げ、宗隆は短く問うた。

「何色だ？」

唐突な質問に面食らう。シュガーポットの中にある角砂糖と同様、宗隆の手の上の砂糖も白い。だから見たまま白と答えようとしたが、宗隆の真剣な顔を見て思いとどまった。

そんなわかり切ったことを訊《き》かれているわけがない。

きっとこれは、魔法使いになるためのテストだ。間違えれば弟子になる道は閉ざされる。

無論、宗隆に恩返しをすることもできなくなる。

（当てられるわけがないと思ってるんだ）

文緒は膝の上でぎゅっと拳を握った。

（でももし答えを言い当てることができたら、きっとこの人は私を弟子にしてくれる）

まっすぐこちらを見て答えを待つ宗隆は、正解を不正解だと偽るような不誠実なことはしない。そんな確信に突き動かされて、文緒は角砂糖に顔を近づける。

どんなに目を凝らしても角砂糖は白いままだったが、文緒には勝算があった。

昨日、文緒はもう一度魔法使いに会いたいと口に出して願った。そしてそれは叶った。一目会って終わりとはならないはずだ。経験上、この幸運は一ヶ月程度続く。

文緒の願いは叶う。叶ってしまう。あとでどんなしっぺ返しが待っているとしても。

だから迷わず、むしろ自信を持って当てずっぽうを口にした。

「赤」

宗隆が驚いたように目を見開く。己の勝利を確信し、文緒はにっこりと笑った。

宗隆は手の上の角砂糖と文緒を交互に見て、驚いた、と呟いた。

「……正解だ。まさか本当に素質があるとは思わなかった」

「じゃあ、私を魔法使いの弟子にしてくれるんですか！」

目を輝かせる文緒を眺め、宗隆は手の中の角砂糖をコーヒーカップに投げ込んだ。小さな泡を立てて沈んでいく砂糖を眺め、いや、と首を横に振る。

約束が違う、と食ってかかろうとする文緒を視線ひとつで黙らせ、宗隆は言った。

「魔法使いじゃない。俺の職業は、幻香師《げんこうし》だ」

病院を出ると、宗隆は迷わずタクシーを拾った。

常日頃、一駅分の電車賃すら惜しんで歩く文緒は気後れしたが、乗車するよう促されれば断れない。あとから車に乗り込んだ宗隆が運転手に行き先を告げて車が動き出す。

車に揺られながら、そっと宗隆の横顔を盗み見る。ドアに肘をついて窓の外を見ている宗隆は無表情だ。年はいくつくらいだろう。二十代後半といったところか。

横目で盗み見ているつもりがいつの間にか不躾《ぶしつけ》に凝視していたようで、視線に気づいた宗隆が「なんだ?」とこちらを向いた。

「素性も知らない男の家についていくなんて、さすがに怖気《おじけ》づいたか?」

「いえ、そういうわけではなく、年はおいくつくらいなのかと……」

「そんなことより、これからどこに連れていかれるのかを心配した方がいいと思うが」

呆《あき》れ顔を浮かべつつ、宗隆は「二十八だ」と答えてくれた。ということは、以前会ったとき宗隆はまだ十七歳だったということか。もっと大人びて見えたのは、九歳だった文緒の目線が今よりずっと低かったせいかもしれない。

今の文緒から見ても宗隆は大きい。その上目元も険しいが、もう怖く感じないのは声が優しいせいだろうか。口調こそぶっきらぼうだが、声の芯に柔らかな響きが潜んでいる。

(あの頃とあまり変わってないな)

また窓の外に視線を向けてしまった宗隆を見詰めて思う。外見は多少変化しても、縁もゆかりもない人間に手を差し伸べるところは変わっていない。

(……好きだな)

初恋が未《いま》だに潰《つい》えていなかったことを自覚したら、心臓が小さくひとつ跳ねた。

その音が聞こえたわけでもないだろうが、宗隆が驚いたような顔でこちらを見る。目が合ったと思ったら、さっとその頬に赤みが差した。次いで大きな体をドアに押しつけ、慌ただしく文緒から距離を取ろうとする。

「お前……っ」

大きく目を見開いた宗隆の瞳が琥珀色に光り、こんなところも昔のままだと見惚《みと》れていたら、文緒の視線から逃れるように勢いよく顔を背けられた。

「お前な、多少親切にされたからってそう簡単に相手を信じるものじゃない！　本当に俺が自宅にお前を連れていくかもわからんだろう！　悪人だったらどうする気だ?」

急に宗隆がうろたえ始めた理由がわからず文緒は首を傾げる。

「そう言われましても、以前にも貴方にはお世話になっていますし」

「別人かもしれないじゃないか」

「いえ、貴方です」

見間違えるはずもない。何しろ初恋の相手だ。

(あの頃より格好よくなってる気はするけど)

また心臓がリズムを崩したところで、宗隆が何かを振り払うように大きく腕を振った。

その振動が三角巾で吊った腕にも伝わったのか顔を顰める。

「大丈夫ですか、師匠!」

呼びかけに、宗隆がぎゅっと眉間を狭める。

「……師匠?」

「今日から弟子になるんですからそう呼ぶべきかと」

名前で呼んだ方がよかったかと尋ねると返事を濁された。

「いや……、師匠でいい。今日から俺とお前は、師弟関係だ。いいな? 何かそれ以外のものになったら破門にするぞ、わかってるな?」

何やら真剣な顔で念を押され、文緒もつられて真顔で頷いた。

(でも、それ以外の関係って……?)

恋人同士、という言葉が頭に浮かんでどきりとした。とはいえ隣に座る宗隆の気難しい顔を見れば、まさかそんな関係になれるとも思えない。

ここに至るまでの態度を見ても、宗隆が義理堅く潔癖な人間であることが窺《うかが》い知れる。

自分が金欠であるにもかかわらず文緒に金を返そうとするし、赤の他人でしかない文緒の面倒まで見ようとする。端《はな》から文緒を異性とみなしていないのは明白で、浮ついたことを口にしたら最後、弟子をなんだと思っているのだと家から叩き出されてしまいそうだ。

ならば自分も、あくまで弟子として宗隆と接しなくては。

(師匠には、絶対この恋心がばれないようにしよう)

文緒が決意を新たにしている間も車は進み、窓の外の風景は商業施設の並ぶ街から静かな住宅街に変化した。緩やかな坂道を上るうちに家の数が減ってきて、やがて薄暗い雑木林に入っていく。ぎりぎり車がすれ違える程度の細い道をしばらく上り、林を抜けた道の先にあったのは、見晴らしのいい丘の上の一軒家だった。

「ここが俺の自宅兼作業場だ」

タクシーから降りた文緒は、ぽかんと口を開ける。目の前にあるのは、周囲を板塀に囲まれた古めかしい日本家屋だ。数寄屋門《すきやもん》から玄関先まで白い石畳が敷かれ、広々としたアプローチには楓《かえで》やつつじが野放図に茂っている。使い込まれて飴色《あめいろ》に光る引き戸を開ければ、自転車が二台は優に置ける広い玄関が現れた。

あまりの広さに圧倒され、文緒は靴を脱ぐのも忘れて玄関を見回す。

木目の浮いた艶《つや》やかな廊下に、天井に渡された太い梁《はり》。

「こ、こんな広い家に、ひとりで住んでるんですか?」

身を仰け反らせる文緒に「まあな」と返し、宗隆は先に靴を脱ぐ。

「実際使っている部屋は少ない。一通り案内するからついてきてくれ」

宗隆を追いかけ、文緒も慌ただしく靴を脱いだ。

宗隆は廊下を歩きながら襖《ふすま》を開けて、ひとつひとつ部屋を案内する。どの部屋も古い本が積み上げられていたり、段ボール箱が押し込まれていたりとあまり生活感がなく、多くは物置として使われているようだ。

廊下を進んだ先には縁側があり、芝の敷かれた物干し場に下りられる。洗濯物のかかっていない物干し台を横目にさらに進むと、ガラス格子の木戸が現れた。

がらりと音を立てて開いた木戸の向こうは、広々とした板敷きの部屋だ。部屋の三方に大きな窓がついていて、燦々《さんさん》と日が差し込んでいる。

文緒の口から歓声が漏れる。真っ先に思い出したのは小学校の図工室だ。窓から明るい光が降り注ぎ、窓辺には部屋の端から端まである水場もある。作業台だろう大きな木のテーブルが等間隔に並んでいるところまで図工室にそっくりだった。

「ここのところ仕事が立て込んでいたから、あまり片づいてないんだが」

きまり悪そうに宗隆が言う通り、全部で五つあるテーブルには何かしら物が載っている。ビニールに包まれた粘土もあれば、雑に巻き取られた麻の紐のようなものもあった。

「外には窯《かま》もある。陶器を焼いたりガラスを吹いたりするために」

「……工芸家みたいですね？」

「似たようなものだ。正確には幻香師だが」

「幻香師？」

宗隆はそれに答えず、「もう一ヶ所案内する」と言って作業場を出た。

「幻香師の字面はわかるか？　幻の香と書く。聞いたことのない名前だろうが、以前は『香具師《こうぐし》』と呼ばれていた。ヤシともいう。テキヤ、なんて呼ばれ方もするな」

「テキヤって、お祭りの屋台なんかを出してる？」

「そうだ。もともとは十三香具師と呼ばれていた。十三種類の薬や実、香なんかを辻《つじ》で売る薬売り、あるいは辻医者のことだな。江戸時代になると、縁日や市場の辻々で露店を出して物を売ったり、見世物をしたりする集団を指すようになった。その後十三香具師は、大きく露天商と幻香師の二つに分かれたんだ」

歩くうちに、だんだん廊下が薄暗くなってくる。外からの光が遮られ、足元からひんやりとした空気が這《は》い上がってきた。

歩き回って方向感覚がわからなくなってきたところで、ようやく宗隆が足を止めた。

「ここが、幻香師の最も重要な仕事場だ」

宗隆は白い襖の前で立ち止まり、引き手に指をかける。わずかに襖が開いた瞬間、室内からぶわりと甘い香りが噴き出した。

強い匂いに後ずさる。あまり馴染《なじ》みのない香りだ。甘いけれど、花の香りではない。もっと重たくて、少しだけスパイシーな香辛料のような匂いも混じっている。

「……お寺の匂い？」

呟くと、宗隆が喉の奥で笑った。

「昨日まで弄《いじ》っていた沈香《じんこう》の香りだ。寺で焚《た》く抹香の匂いに近いかな」

襖の向こうは小ぢんまりとした和室だった。部屋の中央には大きな座卓が置かれ、壁際に文緒の背丈と変わらぬ高さの簞笥《たんす》が並んでいる。升《ます》のような小さな引き出しがずらりと並んだそれは薬簞笥だろうか。部屋の隅には火鉢も置かれていた。

襖を開けた瞬間は呑《の》まれるような濃厚な匂いが噴き出してきたが、それも柔らかく空気に拡散して、今はうっすらと甘い香りが鼻先をくすぐるばかりだ。

「ここでは香を作っている。香料を混ぜて、依頼人に合った香を作るんだ」

「幻香師って、お香を作る人なんですか？」

「香だけじゃなくて香炉も作る。香炉は陶器で作ることが多い。作業場で土をこねて、釉薬《ゆうやく》をつけて、外の窯で焼くんだ。調合した香を焚いて、組紐で作ったお守りに香を焚きしめることもある。そのために糸を紡いだり染めたりもする」

聞けば聞くほど工芸家のようだ。結局幻香師がなんなのかわからず難しい顔をする文緒を見て、宗隆は肩を竦《すく》めた。

「幻香師についてはおいおい勉強していってくれ。俺もこの腕じゃしばらく修業にはつき合えないし、まずはこの家に慣れるのが先だな」

宗隆が襖を閉めると、廊下に漂っていた甘い香りが消えた。まるで潮が引くように香りが部屋に引き戻されていったようで目を白黒させる。

「居間に案内しよう」

宗隆が踵を返して廊下を戻り始める。しばし歩いて、和室に座卓をひとつ置いただけの客間を通り抜けると板の間に出た。床にはカーペットが敷かれ、中央にダイニングテーブルが置かれている。ここが居間のようだ。

居間の奥には台所がある。窓に面した水場の横には古めかしい給湯器。年代物と思われるコンロの上には換気扇の紐がぶら下がっていた。

壁際に食器戸棚と、あとは小さな冷蔵庫がひとつ。それくらいしか家具がないのに、室内はやけに狭苦しく感じた。それもそのはず、部屋の隅にはいくつもゴミ袋が寄せられ、テーブルの上にも本だのダイレクトメールだのが積み重ねられていたからだ。

「忙しかったんだ」

文緒に何か言われる前に言い放ち、宗隆は居間に入っていく。

「とりあえずもう昼だ。飯にしよう」

そう言って、宗隆は紙類が積み重なったテーブルの上をごそごそと漁《あさ》り始めた。何を探しているのかと思ったら、パンフレットのようなものを手渡される。

「近くの店でもらったメニューだ。出前に来てくれるから、好きなものを選んでくれ」

宗隆が渡してきたのは、寿司屋とうなぎ屋のメニューだ。盆暮れ正月でもあるまいしこんな高級品は頼めないとうろたえて別のメニューを探せば、中華料理店のものを見つけた。

ラーメンくらいなら、とほっとしたものの、金額を見て目を疑う。文緒の知っているラーメンの値段と桁《けた》が違った。ふかひれが入っているらしい。

「こ、こんな高いもの普段から食べてるんですか？　このうなぎ屋さん、一番安くても四千円ですけど……」

「ああ。安いだろう」

「安い⁉」と返す声が裏返ってしまった。どういう金銭感覚だろう。もしかしてとんでもない金持ちなのか。それにしては病院で支払いを待ってほしいようなことを言っていたが。文緒のこともハウスキーパーとして雇うだけの金はないと言っていた。

文緒は片手で額を押さえ、あの、と押し殺した声で言う。

「病院の喫茶店で、お客さんから支払いを拒否されたようなこと言ってませんでしたっけ？　だから、お金がないみたいな」

「そうだな。本当だったら今月は三件分の支払いがあるはずだったんだが、一件は支払い拒否、もう一件は連絡が取れなくなった」

言い終えると同時に、宗隆がスラックスのポケットからスマートフォンを取り出した。画面を見て、眉間に深い皺《しわ》を寄せる。

「……もう一件は支払いを待ってほしいそうだ」

「ということは、今月の収入は……」

「大丈夫ではないな」

落ち着き払っているが大丈夫なのかと尋ねると「大丈夫ではない」という返事があった。

「今回の仕事をするのに、少ない貯金を吐き尽くした」

「駄目じゃないですか！」

声を荒らげ、文緒は出前のメニューをテーブルに叩きつけた。

「出前なんて取ってる場合じゃないですよ！　せめて自炊しないと！」

宗隆は文緒の剣幕に驚いた顔をしたものの、開き直ってテーブルに寄りかかった。

「料理はできない」

「だったらせめてコンビニでお弁当を買ってくるとか。自炊するよりは高いですけど、海苔《の り》弁当なら三百円くらいで……」

「三百円……？」

それは食べられるものなのか、とでも言いたげに宗隆は眉根を寄せる。

出前のチラシを見たときから薄々気づいていたが、どうやらこの家のエンゲル係数は恐ろしく高いらしい。恐る恐る一月《ひとつき》の食費を尋ねてみたが「わからん」と即答された。

「レシートとかは……」

「すぐに捨てる」

「ということはもちろん、家計簿なども」

「つけてない」

見る間に文緒の顔が険しくなっていくのを、宗隆は不思議そうに見ている。

「心配しなくても、最悪街金で金でも借りれば……」

「街金はいけません！」

食い気味に文緒が否定しても、宗隆はぴんときていない様子だ。

「闇金じゃないんだ。駅前のキャッシュディスペンサーで簡単に借りられる」

「次の入金がいつあるのかわからないような人は街金に手を出してはいけません。まさか、もう借りてるんですか？」

「いや、借りたことはないが」

文緒は胸を撫で下ろし、宗隆に一歩詰め寄った。

「私の父は軽い気持ちで街金から十万を借りて、完済するのに五年かかりました。月々一万円返済して一年以内に完済するつもりで、でもその一万円を捻出することができなかったんです。ただでさえお金に困ってる人が気安く借りちゃ駄目です」

文緒の剣幕に呑まれたのか、宗隆は一歩後ろに下がって「わかった」と頷いた。それでもなお街金の何が悪いのかよくわかっていないような宗隆を見て、慄然《りつぜん》とする。

（もしかしてこの人、全然生活能力がないんじゃ……⁉）

今のところ借金の類《たぐい》はないようだが、この危機感のなさではいつ道を踏み外してもおかしくない。文緒はテーブルの上の紙類をざっと端に寄せると、二脚ある椅子のひとつに腰を下ろし、宗隆に向かいに座るよう促した。

「仕事の状況はどうなんですか。今月入るはずのお金がいつ入るかわからないのは仕方ないとして、次にお金が入ってくる予定はいつなんです？」

宗隆も椅子に座り、途中でギプスをテーブルにぶつけ顔を顰めながら溜息をついた。

「……目下のところ、金が入ってくる予定はない」

「新しいお仕事とかは……！」

「ない。次の仕事がいつ入ってくるかもわからん」

「まずいじゃないですか！」

椅子から腰を浮かせかけた文緒に、宗隆が待ったをかける。

「銀行口座に少しばかり貯えがある。すぐにどうこうなるわけじゃない」

「貯えってどれくらいです」

「……言うのか？」

「私たち、これから生活を一緒にする師弟なんです。教えてください」

宗隆は渋ったものの、文緒が譲らないと見ると諦めたように呟いた。

「十万」

「ちなみにこの家のお家賃は」

「三万」

「安いですね⁉」

　これだけ広い家だ。周囲を雑木林に囲まれ、駅から距離もあるとはいえ、一応は都内である。さすがにもっとするかと思った。

「もともとここは祖父の別荘だったから、身内割引だな」

「光熱費はどうですか？　引き落としはこれから？」

「いや、今月分はもう引き落とされてる」

「だったら、とりあえず今月は公園に水を汲《く》みに行く必要はありませんね！」

「……そう、だな」

　宗隆が返事をするまでに時間がかかった。宗隆は家の水を止められた経験がないのだろうか。ちなみに文緒はある。父と一緒に暮らしていた頃のことだ。

「私もほんの少しですがお給料が残ってますし、一ヶ月はどうにかなりそうですね」

　安心したら空腹を覚えた。思えば昼食を取ろうという話をしていたのだったか。無論出前を取るなどという選択肢はなく、文緒は立ち上がって台所へ向かった。

「お昼、何か作りますね。冷蔵庫開けていいですか？」

「構わないが、何も入ってないぞ」

　宗隆が言った通り、冷蔵庫にはミネラルウォーターくらいしか入っていない。調味料はおろか玉子すらなかった。

「お米もないんですか？　麺類《めんるい》なんかも？」

「何もないな」

　そうですか、と呟いて、文緒は台所の窓から外を見た。

「じゃあ、森に入ってきます。草ならいくらでも生えてるでしょうし。ここに来る途中に田んぼもありましたよね。もしかしたらザリガニが」

「待て、当面の金がないわけじゃないんだ、スーパーに行こう」

　宗隆が椅子から立ち上がり、その拍子にテーブルにギプスをぶつけて低く呻いた。そんなにザリガニが嫌なのか。

「スーパーは近いんですか？」

「ここからタクシーで五分かからないくらいだ」

「歩いて十五分ってところですね。詳しい場所を教えてください、行ってきます」

「俺も一緒に……」

「師匠は駄目です。傷に障ります」

　何より、宗隆も一緒に行くことになったらタクシーを使うなどと言いかねない。

　スーパーの場所を教わると、文緒は身支度を整えて早速宗隆の家を出た。

三十分後。宗隆の家とスーパーを走って行き来した文緒は、玄関先まで出迎えてくれた宗隆に向かって、開口一番こう言った。

「近くのスーパーは全然駄目ですね、高い！」

「そうなのか？」

文緒は肩で息をしながら、宗隆の脇をすり抜け居間へ向かう。

「今日は時間がなかったので妥協しましたが、明日は駅前に行ってみます。スーパーもいいんですけど、お肉屋さんとかはないんですかね、八百屋《やおや》さんとか」

「あると思うが、専門店の方がいいのか？」

文緒は台所の調理台にレジ袋を置いて力強く頷いた。

「スーパーより個人経営の店の方が値段交渉に応じてもらいやすいんですよ。顔見知りになればおまけなんかもしてもらえますし」

なるほど、と呟く宗隆の声は小さい。感心したというより圧倒されている様子だ。

「お昼、うどんでいいですか？　フォークがあれば片手でも食べられますよね」

「ああ、問題ない。何か手伝うか？」

「調理用具がどこにあるのか、場所だけ教えてもらえれば十分です」

そう言いながら文緒がレジ袋から取り出したものを見て、宗隆は目を丸くした。

「……うどんを作るんじゃないのか？」

そうですよ、と笑顔で答え、文緒は調理台に小麦粉の袋を置く。袋には他に、玉子と麺つゆ、ビニール袋に入った野菜らしきものがあるばかりだ。うどんは見当たらない。

啞然とする宗隆に、文緒はしたり顔で言ってのけた。

「小麦粉は魔法の粉なんです。これさえあれば大概のものは作れます。何より安いですから。うどんだって普通に買えば三玉で百円ですが、一袋百三十三円の小麦粉を使えば、たった百グラムで二人前が完成します。材料費は十三円です」

「そんなに簡単にうどんなんて打てるのか？」

「打てますよ。蕎麦《そば》よりは簡単です。師匠、ボウルとお塩どこですか？」

宗隆はまだ信じられないような顔で調理台の下の棚を開ける。ここにほとんどの調理器具が入っているらしい。

文緒はボウルに塩と水を入れてよく混ぜると、計量カップですくった小麦粉を無造作に投入した。子供の頃から作り慣れているので動きに迷いがない。宗隆はその様子を後ろから興味深げに覗き込んでいる。

ある程度まとまったらまな板に生地を載せ、上から体重をかけて生地をこねる。まな板は今日日《きょうび》珍しい木製で、古びて端が割れていた。

「自炊していない割には、調理器具に年季が入ってますね」

「以前ここに住んでいた祖父母が使っていたものだ。祖父母が置いていった日常品はそのまま譲り受けた」

「なるほど。麺棒なんかもあったので不思議だったんですが、納得です」

会話をしながら生地を練り、表面が滑らかになったところで手を止めた。ラップで包んで寝かせておく間に、鍋に水を張ってコンロにかける。

ほどなく完成したのは玉子とじうどんだ。なんとかテーブルに器を置くスペースを作り、湯気の立つうどんを前に手を合わせる。宗隆も片手を立て、感心した様子で呟いた。

「……粉からうどんを作るなんて、料理が上手いんだな」

「上手くはないですよ。子供の頃から必要に迫られてやってただけで。小麦粉はお米より安いので自然とレパートリーが増えただけです。最初は水で溶いた小麦粉をお湯でゆでて、それに麺つゆを入れた水団《すいとん》くらいしか作れませんでしたけどね」

昔を懐かしんで笑いながら告げたが、宗隆は深刻な顔になってしまった。文緒がいったいどんな幼少時代を送っていたのか心配になってしまったのかもしれない。何か言いたそうな顔をしていたが、一口うどんをすると表情が一変した。

「美味《うま》い」

「本当ですか？　よかった、師匠はよっぽど舌が肥えているんじゃないかと思ってドキドキしてたんですよ！　玉子とか入れて奮発したかいがありました！」

「……玉子で奮発、か」

宗隆は嚙《か》みしめるように呟いて、パスタを食べるようにフォークで麵を巻き取る。そこに緑の葉が絡まっていることに気づいたのか、器の中を覗き込んだ。

「茸《きのこ》なんかも入ってるんだな。葉野菜も……」

そこまで言って、はっとしたように文緒を見る。

「まさか、雑木林で採ってきた茸だなんて言わないだろうな？」

「さすがに茸は素人《しろうと》が判断すると危ないですからスーパーで買いました」

宗隆はほっとしたような顔で麵をすする。

「その辺で摘んできた草なら入れましたが」

ごふっと宗隆が咳《せ》き込んで、文緒は「大丈夫ですよ」と大らかに笑った。

「わけのわからない草じゃなくて、オオバコです。食べても問題ありません」

宗隆はしばらく硬直していたが、文緒が頓着なくうどんをするのを見て、思い切ったように口の中のものを飲み込んだ。

「……オオバコは食べられるのか」

「もちろんです。今の時期だとタンポポなんかも美味《おい》しいですよ。子供の頃はよく食べてました。外来種はちょっと苦いのでお浸しにしたり、在来種だとサラダとか」

「タンポポも食べられるのか……」

半ば呆然《ぼうぜん》と呟く宗隆は、異文化に触れた旅人のような顔だ。

若干青い顔をした宗隆と食事を終え、汚れた食器を洗っていると宗隆に声をかけられた。

「部屋を用意しておいたから案内する」

「部屋って、私のですか？」

手を泡だらけにしたまま振り返れば、当然とばかり頷かれた。洗い物を終え、宗隆に続いて廊下に出る。宗隆は縁側まで来ると足を止め、物干し場に面した障子を開けた。

「祖母が使っていた部屋だ。押入れや箪笥なんかもあるし、ちょうどいいだろう」

そこは十畳ほどの和室で、部屋の隅には小さな座卓が置かれていた。縁側からは障子を透かして日の光が入ってくる。明るくて居心地のいい部屋だった。

「い、いいんですか、こんないい部屋をお借りして……」

「構わない。それより何か必要なものを買いに行かなくていいのか？　アパートが焼けて身の回りの物は何もないんだろう。服とか」

「そうですね、下着くらいは買いに行った方がいいでしょうけど、服なら大丈夫です。夜のうちに洗っておけば朝には乾きますから」

迷いもなくそう告げると、宗隆に「いいのか、それで」と渋い顔をされてしまった。

「いいです。師匠の腕が治るまでは極力切り詰めないといけないので」

「……そこまでしなくても」

宗隆は心底弱り果てた顔をする。二十歳そこそこの娘がたった一着の服しか持たないことに気を揉んでいるらしい。

「俺の服を貸すっていうのもな……」

「貸してくれるんですか？」

素早く反応した文緒に、宗隆は自分で言っておいてうろたえたような顔を向ける。

「着る気か？　全然サイズが違うぞ」

「構いません、小学生の頃は父の服を借りたこともあります。セーターとかカーディガンでしたけど、袖や裾を折れば問題なく着られました。是非貸してください！」

真面目《まじめ》な顔で頭を下げた文緒を宗隆は呆然と見ていたが、ややあってからその口元にゆるりと笑みを浮かべた。自分とはあまりに価値観の違う文緒にようやく慣れてきたのか、面白がる余裕が出てきたようだ。

「逞《たくま》しいな」

琥珀色の瞳が優しく緩んで、文緒は人知れず息を呑む。

再会してから初めて見る笑顔だ。呆れ顔や、信じられないものを見るような顔ばかり向けられてきただけに、初めて心を開いてもらえたような気分になった。

心臓が嘘《うそ》みたいに鼓動を速めて息が詰まりそうになる。目の周りにも熱が集まってきて、文緒は慌てて首を横に振った。宗隆への想《おも》いを露見させるわけにはいかない。

慕る恋心に蓋をして、文緒は力強く拳を握ってみせた。

「任せてください、金欠には慣れてます！　師匠の腕が治るまで、不自由な生活はさせませんよ！」

それが弟子の務めだと文緒は高らかに宣言する。宗隆は少しだけ複雑な表情で笑ったものの、「よろしく頼む」と文緒に左手を差し出した。

三角巾で吊られていないその手を取り、文緒は晴れて幻香師三ノ宮宗隆の弟子となったのだった。

＊＊＊

正午を目前に控えた台所に、文緒の小さな鼻歌が響く。小麦粉と塩と砂糖、それからベーキングパウダーを入れたボウルの中身をかき回す手もリズムを取って軽やかだ。口元にも笑みが浮かんで、明らかに機嫌がいい。

事実文緒は浮かれている。今朝《けさ》、家の掃除をしていたら偶然納戸を見つけ、そこで『お歳暮』や『お中元』の掛け紙が巻かれた箱を大量に発見したからだ。箱の中にはオリーブオイルだのカニ缶だのがたくさん詰まっていた。宗隆はお歳暮の中身など確認もせず納戸に放り込んでいた様子で、「必要なものがあるなら好きに使っていい」と言ってくれた。

とんでもなくありがたい。

ボウルに玉子と牛乳、サラダ油を加えてよくこねたらパン生地の完成だ。イーストは使わないので発酵なしでオーブントースターに入れ、生地を焼く間にもう一品作る。

水切りしておいた豆腐をボウルに入れ、適当に潰《つぶ》してマヨネーズと味噌《みそ》を加える。雑木林で摘んできたオオバコをさっと湯にくぐらせて水気を切り、刻んだハムと一緒に豆腐に入れてよく混ぜたらグラタン皿へ。上から溶けるチーズをかけて魚焼きグリルでこんがり焼いたら豆腐グラタンの完成だ。

「グリルは魚を焼くためだけにあるんじゃないんだな」

背後から声をかけられ、文緒は慌てて振り返る。料理に集中するあまり気づかなかったが、後ろに宗隆が立っていた。

「すみません、お昼の支度はまだ……」

「催促に来たわけじゃない。手伝えることがないかと思っただけだ」

片腕を三角巾で吊るした宗隆はオーブントースターの中を覗き込み、「これでパンが焼けるのか」と心底感心したような顔で言った。

文緒が宗隆の家に転がり込んでから三日が経った。

弟子と言いつつ、文緒がやっているのはほとんど無償のハウスキーパーだ。朝から掃除に洗濯、朝食の準備と忙しく動き回り、駅前のスーパーが開店する時間帯を見計らって店に突撃。夜は夜で、宗隆からもらったノートの横にレシートを並べて支出のチェックに余念がない。無駄のない出費は、自分が日々何を買っているのか自覚するところから始まるというのが文緒の持論だ。

宗隆は「家事をさせるために連れてきたわけじゃない」と主張してすぐにでも幻香師の修業を始めようとしたが、利き腕を怪我しているため日常的な動作すらままならない。鉛筆さえろくに握れない状態で何かを教えるのは難しいと本人も諦めたようで、日中は自室のパソコンで溜《た》まったメールの処理や書類仕事などをしているようだ。

文緒は焼き上がったパンに切れ目を入れ、間にハムとタンポポの葉を挟んで皿に並べた。続いてグリルからグラタンを取り出してテーブルへと運ぶ。

「ハムなんて買ってきたのか」

そうなんです、と文緒は胸を張った。

「駅前のお肉屋さんが、毎週水曜日の午前中は八十八円均一をやってるんです。そのハムも百グラム八十八円だったので買ってきました！」

「八十八円……。食用の肉、だな？」

もちろんですよ、と文緒は笑う。それどころか木曜日は鳥の胸肉を百グラム二十円で売っていると知ったらどんな顔をするだろう。病気の鳥なんじゃないか、なんて本気で言い出しかねないので、明日買いに行ったとしても値段は伏せておくことにしよう。

宗隆はパンを口に運び、ゆっくりと咀嚼《そしやく》して目元を緩めた。

「美味いな」

その一言が嬉しくて文緒も笑みをこぼす。たとえ八十八円のハムに不信感を示しても、宗隆はきちんと料理を口に運んで、正当な評価を下してくれる。安いのだから不味《まず》かろう、なんて偏見は持たない。宗隆の誠実さが窺い知れるようだ。

「こっちのグラタンも美味い。少し変わった風味のホワイトソースだな？」

「豆腐に味噌とマヨネーズを混ぜてます」

「昨日は豆腐ステーキだったし、なんだか毎食豆腐を食べている気もするが」

「お豆腐は安い上にお腹に溜まりますからね！　家計の味方です。本当は納豆なんかも食べられるといいんですが……」

ちらりと宗隆の顔色を窺うと、無言で眉を顰《ひそ》められてしまった。

納豆は豆腐に並んで安く、栄養価も豊富なので可能な限り活用したいのだが、昨日食卓に上げたら宗隆に「匂いが駄目だ」と顔を背けられてしまった。

調理方法を変えればどうにかならないだろうかと考えていたら、思考を遮るように「今日の予定は？」と宗隆に尋ねられた。

「今日は雑木林の一角にちょっとした家庭菜園を作ろうと思ってます。この時期だとピーマンとオクラと、枝豆なんかの植えつけにちょうどいいので」

「だったら雑木林じゃなく、庭で作ったらどうだ。いくらでも場所はあるだろう」

願ってもないことだと文緒は笑顔で手を叩いた。

「じゃあ、物干し場の隅をお借りしてもいいですか？　日当たりがいいし、私の部屋からもよく見えるので。ナスも植えてもいいかもしれませんね。プチトマトも」

「トマトは植えなくてもいいんじゃないか？」

「でもトマトがあると彩りが……もしかして師匠、トマトも苦手ですか？」

宗隆は無言で文緒から目を逸らす。納豆に続き、新たな苦手食材が判明したようだ。

しかしトマトは彩りがいいばかりでなく体にもいい。これを機に苦手を克服してはどうかと訴えようとしたら、玄関から微かなチャイムの音がした。

先に食事を終えていた文緒は「お客様ですか？」と尋ねながら席を立つ。

「今日は特になんの約束もしてないが……」

「だったら届け物かもしれませんね。ちょっと見てきます」

言い置いて足取りも軽く玄関へ向かう。三和土《たたき》に下りたところでもう一度チャイムが鳴ったので返事をしながら鍵を開けた。

宅配業者かと思いきや、引き戸の向こうに立っていたのは和装の老人だ。立派な白いひげを生やし、同じく白くなった髪を綺麗に撫でつけている。

車のエンジン音が聞こえたので男性の肩越しに門の向こうを見ると、黒塗りの車が一台停《と》まっていた。その横には身なりのきちんとした運転手が立っている。

藍色の着物を着た男性は、手にした杖《つえ》に両手を載せて柔和に尋ねた。

「突然申し訳ありません。こちらは石榴堂《ざくろどう》の三ノ宮さんのお宅で間違いありませんでしょうか？」

「ざ、石榴堂……？」

聞いたことのない名前にうろたえていると、遅れて宗隆も玄関までやってきた。老人の声が聞こえたのか、「確かにここは石榴堂ですが」と返す。

老人は、あとから現れた宗隆に向かって丁寧に頭を下げた。

「このたびはご依頼を受けていただき、本当にありがとうございます。早速ですが……」

物柔らかな口調で告げた相手を、「待ってください」と宗隆が遮る。

「依頼を受ける、とは？　失礼ですがお名前を伺っても？」

老人は驚いたような顔をして、三和土に立つ宗隆を見上げた。そこでようやく宗隆が右手を三角巾で吊っていることに気づいたようで、目を丸くして自身の顎ひげを撫でる。

「私は宇田川《うだがわ》と申します。今回は、山鳩堂《やまばとどう》の柊木《ひいらぎ》さんからこちらを紹介していただいたのですが」

「柊木が？」

「はい。石榴堂にも柊木様から連絡を入れておいてくださるとのことでしたが」

宗隆が片手で口元を覆う。隣に立っていた文緒の耳は「あいつはまた勝手に……」というぼやきを拾い、宗隆と柊木氏との間で何か行き違いがあったらしいことを悟った。

宇田川と名乗った老人もそれを察したようで、「出直してまいりましょうか」と眉を下げる。

宗隆はギプスを巻かれた自身の右腕と、隣にいる文緒を見て迷ったように視線を揺らしたが、すぐに気を取り直して言った。

「いえ、こちらの連絡ミスですからお気になさらず。まずはお話をお伺いします」

宗隆は宇田川を居間へと案内した。テーブルの上にはまだ昼食に使った食器が残っていて、文緒は慌てて食器を流しへ運ぶ。

宗隆と宇田川がテーブルに腰を落ち着けたのを見て、とりあえず湯を沸かすことにした。しかし茶の用意が整う前に「では、ご依頼内容を」と話が始まってしまった。

短い沈黙が落ち、湯の沸く音にひっそりとした宇田川の声が重なる。

「亡くなった親友に、会わせていただけませんか」

文緒はぴくりと顎を上げる。聞き間違いかと肩越しに振り返ってみたが、宗隆を見る宇田川の顔はどこまでも真剣だった。

対する宗隆もうろたえる様子は見せず、むしろ落ち着き払った表情で「どのような理由で？」などと理由を問う。

「友人に会って、謝りたいことがあるのです」

「ご友人がお亡くなりになられたのはいつ頃でしょう」

「十年以上前だと聞いております。彼と最後に会ったのはもっと前ですが」

「それほど長く会っていなかったのに、なぜ今頃？」

宗隆の問いかけに、宇田川はしばらく答えようとしなかった。そのうち湯が沸騰して、文緒はコンロの火を止める。静まり返った室内に、宇田川の小さな声が響いた。

「同窓会で友人が亡くなったと聞いて、私が彼の運命を歪《ゆが》めてしまったのではないかと不安になったからです」

そう言って、細く長い溜息をつく。

「ただの思い過ごしかもしれません。ですが、かつて私は彼に悪事を働きました。そのことがきっかけで彼の人生が悪い方へ流れていってしまったのではないかと、それが心配で……。だから一言、友人に謝りたいんです」

宇田川の言葉は要領を得ない。急須に湯を注ぎながら首を捻《ひね》れば、宗隆も同じことを思ったのか鋭く切り込んできた。

「具体的に、貴方がご友人に働いた悪事とはなんですか」

再び沈黙が落ちた。急須から湯呑に緑茶を注ぐ音だけが室内に響く。

文緒は盆に湯呑を載せてテーブルへ向かう。宇田川の前に湯呑を置こうとしたそのタイミングで、宇田川が重たげに口を開いた。

「私は、友人が大切にしていたものを――盗みました」

苦悩と後悔がたっぷりと交じった言葉を耳にして文緒はうろたえる。戸惑いを隠せず宗隆に視線を向けた文緒は、その横顔を見てぎくりとした。

宗隆は、かつてなく険しい顔で宇田川を見ていた。唇は真一文字に引き結ばれ、琥珀色の瞳は睨《にら》むような鋭さで宇田川を捉《とら》えて離さない。責めるような眼差《まなざ》しが向けられていることを宇田川も自覚しているのか、肩を縮めて俯《うつむ》いている。

宇田川のような温和そうな老人が、二回りは年下だろう宗隆に睨まれて小さくなっている姿を見るのはなんだか忍びなく、文緒は思わず口を挟んだ。

「でもそれ、もう何十年も前の話ですよね？　とっくに時効ですよ」

文緒の言葉に、宇田川が弾《はじ》かれたように顔を上げる。

文緒は宗隆の前にも湯呑を置くと、肘で軽くその肩を突いた。

「師匠も、宇田川さんは質問されたことに答えただけなんですから、そんなに怖い顔しないでください。ご本人も反省してらっしゃるじゃないですか」

文緒の言葉で、宗隆も宇田川の表情に気づいたようだ。いたたまれない顔で目を伏せる宇田川を見て、片手で自身の目元を覆う。自分の目つきが鋭すぎた自覚はあるらしい。

「すみません、宇田川さん。うちの師匠はちょっと目つきが悪いんですけど、見た目ほど悪い人ではないので。お茶菓子の用意もなくて申し訳ないのですが、歓迎していないわけじゃないんですよ！」

必死で場をとりなそうとする文緒を見て、ようやく宇田川の目元が緩んだ。

「いえ、お構いなく。もともと茶菓子は食べられないことの方が多いんです」

小麦粉アレルギーなもので、と宇田川は肩を竦める。

「でしたら、今度は和菓子を用意しておきますね」

「いえ、和菓子も……。餡子《あんこ》が苦手なんです。ですから本当にお気遣いなく。ありがとうございます、お嬢さん」

そう言って、宇田川は丁寧に文緒に頭を下げる。年若い文緒に対しても偉ぶらないところに好感を覚え、文緒はちらりと宗隆に視線を向けた。あんまり責めちゃ駄目ですよ、と非難するような目を向ければ、宗隆も苦い顔をしながら頷いた。

「改めて、ご依頼内容をお伺いします。亡くなったご友人にお会いしたいんですね」

「はい。会って、昔のことを謝りたいんです」

「承知しました」

宗隆がさらりと承諾するものだから、文緒は驚きの声を上げかける。亡くなった人間に会わせろなんて荒唐無稽《こうとうむけい》な依頼に、どう応対するつもりだろう。

物問いたげな文緒の視線に気づいているだろうに、宗隆はこちらを見ようとはせず、ギプスを巻いた腕をテーブルの上にごとりと置いた。

「ですが、この通り利き手が使いものにならない状態です。必要な品物をお渡しするまでには少々お時間をいただきますが」

宇田川は宗隆の右手を見て、「その腕はいかがなさいました」と尋ねる。

「ちょっとした事故に遭いまして、手首の骨にひびが入っています。医者からは三週間ほど固定しておくように言われていますが、ギプスが外れればすぐ以前と同じように動かせると決まったわけでもありません。それでもよろしいですか？」

「それは大変だ。安静になさってください」

宇田川は案じるように宗隆の腕を見て、また丁寧に頭を下げた。

「急ぐものではありませんので、きちんとお怪我を治してから制作に取りかかっていただければ結構です。私が生きているうちに完成すれば十分です」

顔を上げた宇田川は着物の袂《たもと》から懐中時計を取り出し「そろそろ行かなくては」と腰を浮かせた。杖をついて不自由そうに立ち上がろうとしているので、文緒はとっさに宇田川の肩を支える。

互いの距離が近づいて、着物からふわりと甘い香りがした。前に宗隆の部屋で嗅がせてもらった沈香の匂いに、微かに別の匂いが交じる。青みを帯びたさわやかな香りは、檜《ひのき》だろうか。

匂いに気を取られていたら、宇田川が柔らかく文緒の手を取った。

「ありがとう、お嬢さん」

礼を述べてゆっくりと立ち上がった宇田川を門の外まで見送ると、家の前に停められていた黒塗りの車から運転手が出てきて後部座席のドアを開けた。宇田川は人に世話されることに慣れた様子で車に乗り込み、窓越しに宗隆と文緒に一礼する。

車が雑木林の中に消えるのを待ち、文緒は恐る恐る宗隆を見上げた。

「師匠、あの、今の依頼ですが……受けるんですか？」

宗隆は文緒を見下ろし、「もう受けただろう？」と眉を上げる。

「でも、死んだ友人に会わせてほしいって……」

そうだな、とあっさり頷かれてしまい、困惑して声が裏返った。

「そんな魔法使いみたいなことできるんですか⁉」

宗隆はひとつ瞬《まばた》きをすると、珍しく悪戯《いたずら》っぽい笑みを唇に浮かべた。

「最初は俺を魔法使いなんて呼んだくせに、本物だとは信じてなかったのか？」

「そ、それは、そうなんですが……」

十一年前、まだ小学生だった文緒は宗隆を魔法使いと信じていた。宗隆のくれたお守りを握りしめて眠ったら父の病状が少しだけ回復したからだ。だから再会したときもとっさに魔法使いと呼んでしまったが、この年になって本気で信じていたわけもない。

「そもそも師匠、魔法使いじゃないんですよね？　幻香師って何をする人なんです？」

玄関に戻っていく宗隆の背中に問いかけると、振り返った宗隆におかしそうな顔で笑われた。

「弟子入りして三日経ってからようやくその質問が出たか」

どうやら宗隆は、幻香師について文緒から尋ねてくるのを黙って待っていたらしい。自分から教えを乞わないなんて弟子失格だ。慌てて宗隆を追いかける。

「すみません、せっかく弟子入りしたのに目の前のことで一杯一杯で……」

家も職場も同時に失い、師匠の宗隆も入金と仕事の当てがない。どうにかこの急場を凌がなければと必死で、目の前の疑問に向き合っている余裕もなかった。

（この生活だって、いつまで続くかわからないし……）

俯きがちに歩いていたら、頭にずしりとした重みがかかった。

目を上げて、文緒はヒッと息を吞む。宗隆が文緒の頭に手を置いていたからだ。

好きな人に頭を撫でられるという、ドラマや本の中でしかお目にかかったことのない状況がどれほどの衝撃を生むものか、この瞬間まで文緒は知らなかった。

とりあえず足は止まったし、息も止まった。体の中が真空になってしまったようで、一瞬で血が沸騰する。

文緒と一緒に立ち止まった宗隆は、文緒が硬直していることにはみじんも気づいていない様子で「すまん」と言った。

「弟子入りしたと言ってもその場のなりゆきみたいなものだったし、それどころじゃなかったな。あまりに平然としているから忘れかけてたが、家も仕事も失って不安になるのは当然だ。今までそんな素振りを見せなかったから、気づいてやれなくて悪かった」

宗隆の横顔に悔やむような表情が過って、文緒は詰めていた息を勢いよく吐いた。

「いえっ、私は……」

「大丈夫だ」

自分で言おうとしていた言葉を宗隆に奪われた。

自分で自分に言い聞かせるより、他人に言ってもらう『大丈夫』の方が安心できるのはなぜだろう。宗隆の声は低く穏やかで、あれほど暴れ狂っていた心臓が落ち着きを取り戻す。と同時に、それまで自分でもよく自覚していなかった、霧のように胸を覆う不安が、ふっと吹き飛ばされたような気がした。

「午後からは師匠らしく、幻香師の歴史について教えようか」

文緒の頭に置いていた手を離し、宗隆が口元に笑みを浮かべる。

宗隆の手が離れてもまだ頭のてっぺんに掌の温かさが残っているようで、文緒は髪を整える振りでそっとそこに触れ、「はい！」と大きな声で返事をした。

座学と聞いて多少緊張していたが、居間に戻った宗隆は文緒とテーブルに向かい合わせで座ると、食後の雑談でもするように幻香師について説明を始めた。

前にも少し説明してもらったが、幻香師は辻々で歯の治療をしたり、大道芸で客寄せをして薬や香を売ったりと、病院を持たない医者のようなことをしていた集団だったらしい。それだけでなく、占いまでするというから驚きだ。

「占い。するんですか、師匠が」

正直、想像がつかない。宗隆は口元に笑みを浮かべ、する、と頷いた。

「俄然胡散《がぜんうさん》くさくなってきただろう。本当に弟子になるつもりか？」

「驚きましたが胡散くさくはないです。それにもう、弟子にはなってます」

続けてください、と身を乗り出せば、文緒の本気が伝わったのか宗隆も表情を改めた。

「魂光《こんこう》の話はもうしたか？ 耳慣れないだろうが、よそじゃオーラとも呼ばれるものだ。体から漏れる光だな。幻香師はこれに魂の光という文字を当てた」

文緒は無言で頷いた。オーラなら想像がつく。

「もうひとつ、『気』について説明しておく。これは自然界を巡るエネルギーみたいなものだ。自然界に漂う気を、あらゆる生物は知らぬ間に体内に取り込んでいる。それが肉体を巡って魂光になり、全身を覆う光になって放出されるんだ」

魂光の色は人によって異なるそうで、それを見れば現在の体調はもちろん、その人物がこれまでどんな人生を歩んできたのかも大まかにわかるのだと宗隆は言った。

「だから幻香師になるには、魂光が見えることが必要最低条件になる」

「選ばれし者ですね」

「いや、魂光が見えること自体はそう珍しくもない。オーラが見えることを売りにしている占い師なんかもいるしな。さっきも言った通り魂光を見れば、相手の精神状態や人生の節目が見える。過去を言い当てられると、未来を語る言葉もそれらしく聞こえるだろう。占い師の他には気功師も魂光を見ていることが多い。見れば相手の体のどこに気が滞っているのかわかる。その部分を針やマッサージでほぐしてやればいい」

「そういう人たちは幻香師ではないんですか？」

「違う。幻香師は魂光が見えるだけじゃなく、体内の気をコントロールすることができるんだ」

それは、と言ったきり文緒は口ごもる。なんだか凄《すご》そうだが、実際どう凄いのかよくわからない。混乱が表情に出てしまったようで、宗隆に笑われてしまった。

「いきなり全部理解しようとしても難しいだろう。本来だったらきちんとした資料をそろえて何時間もかけて講義をするような内容だ。今のところは、気をコントロールすると免疫が大幅にアップするとか、運がよくなるとかその程度に考えておけばいい」

「それは、す、凄いことでは……？」

「そうだ。やり方を知っても一朝一夕でできることじゃない。相応の修業が必要だ。だから幻香師になるにはまず師匠に師事するし、幻香師組合に加入する必要もある」

「組合なんてあるんですか」

「あまり大っぴらな組織じゃないが、ある。すべての幻香師は組合に所在や仕事内容を厳しくチェックされるし、毎年の適正試験も義務づけられている。でないと気をコントロールする力もないくせに幻香師を名乗って、病人から大金を巻き上げる不届き者が現れかねないからな。試験は数分で終わる。病院で俺がお前にやったようなものだ」

「あの角砂糖の……？」

頷いて、宗隆は左手をテーブルの上に置いた。

「幻香師は自分の魂光を物にまとわせることができる。あのときは角砂糖に俺の魂光をまとわせた。赤く見えたのは、俺の魂光が赤いからだ」

文緒は曖昧に頷く。実は当てずっぽうで色を言い当てたなんて口が裂けても言えない。

と同時に、角砂糖が白にしか見えなかった自分は幻香師の才能がないのだろうと密《ひそ》かに落ち込んだ。もしも自分に幻香師の才能があれば、この仮初《かりそめ》の幸福な時間が終わっても宗隆の弟子でいられたかもしれないのに。

「幻香師の屋号は魂光の色で決まることが多い。だからうちは石榴堂なんだ。俺の魂光の色を見て、師匠がつけてくれた」

「石榴堂って屋号だったんですね。そういえば、宇田川さんも誰かの紹介でここに来たって言ってましたけど、なんでしたっけ、山鳩……？」

途端に宗隆の表情が険しくなった。左手で頬杖をついて、そうだった、と低く呟く。

「山鳩堂だな。柊木にはあとで連絡を入れておかないと……」

「柊木さんって、師匠のお知り合いですか？」

「兄弟弟子だ。柊木とは同じ師匠の下で修業をした」

「だったら親しい仲なんですね」

宗隆は渋い顔で、文緒の言葉を肯定も否定もしない。しばらく待ってようやく「まあ、つき合いは長い」という返事があったが、いかにも不服そうだ。

「今回みたいに仕事を紹介してもらうこともあるんですか？」

「そうだな、面倒な仕事をこっちに回してくることはこれまでも何度かあったが……今回は当てつけだろうな」

当てつけとはまた穏やかでない。どういう意味か問い返す前に、宗隆は頬杖をやめて椅子の背もたれに寄りかかった。

「ともかく幻香師は特殊な職業だ。あまり広く世間に流布していいものではないから、一《いち》見《げん》の客はほとんど取らない。依頼料も安くはないから、依頼者は身元がしっかりしている人物ばかりだ。政治家や経営者、芸能人も多いかな。相手の魂光を見て、体内を巡る気をコントロールする以外にもいろいろとできることはあるが、それはおいおい。ここまで何か質問は？」

文緒は真一文字に口を引き結ぶ。なんとなくわかったような気もするが、まだ質問ができるほど深く理解したわけでもない。とりあえず、ずっと頭にもやもやと漂っていた疑問を口にした。

「気をコントロールするって、具体的にどうするんですか？　何かこう、特別な儀式が必要だったりするんですか？」

「儀式はいらないが、香は必要だな。光と匂いは引き合うものだから」

宗隆は文緒の理解度を量るように、ゆっくりとした口調で続ける。

「香の煙は魂光と交じり合い、やがて気になって体内に取り込まれる。香りに集中していると深い瞑想《めいそう》状態になりやすいのはそのためだ。相手がそういう状態になっている方が気のコントロールは容易だ。気をコントロールする前の導入だな。でも香りに好き嫌いがあるように、人によって効果が出やすい香とそうでない香がある。それを見分けるために魂光の色を見る必要がある。それから、相手の気を呑むのも導入に効果的だ」

「気を呑む、というと……？」

ぴんとこない顔をする文緒を見て「やってみようか」と宗隆は椅子を立つ。

少し待っているよう文緒に言いおいて部屋を出ていった宗隆は、ほどなく掌の上に何かを載せて戻ってきた。テーブルに着いた宗隆に片手を出すよう言われて両手を差し出せば、掌の上に何かが置かれた。

十円玉を入れるコインケースのような、丸く平べったい器だ。文緒が驚いたのは、それがあまりにも軽かったせいだ。鳥の羽でも載せられたのかと思った。

吐息で吹き飛ばせそうなそれに恐る恐る顔を近づけると、器の下に文緒の掌が透けて見えた。どうやらレースのようなもので作られているらしい。

「絹糸で作った香炉だ。七宝《しっぽう》編みを応用した。本来は茶道具を入れておく網の袋だが、糊《のり》で固めて円柱形にしてる。中に練り香を入れるつもりだったんだが出し入れが難しい。香を焚きしめて飾っておくものにしようか検討中だ」

「これ、レースを使ったんじゃなくて糸から編んだんですか？　凄い、細かい……」

「柄が編み込んであるのが見えるか？」

言われるまま、掌を目の高さまで上げて小さな香炉を覗き込む。

細い糸で編まれているのは、花の模様だろうか。白く小さな花が連綿と重なり合い、奥に行くほど白い紗《しゃ》をかけたようになる。

手の上の細かい模様に魅入り、これと同じ光景を現実にも見たことがあると思った。小さな花が身を寄せ合って重なり合い、薄い花びらが日に透ける。

思い浮かべたのは桜の花だ。頭上に広がる花のアーチと、遠ざかるほど白くけぶる花霞《はながすみ》。何百、何千という小さな花が重なって咲き誇る満開の桜と、緻密なレースを重ねたような花模様がだぶる。

これほど繊細な模様を編むのに、いったいどれほどの時間と根気を要したのだろう。小さな器の中に、風に揉まれて身をよじる満開の桜を見た気がして息を呑む。

瞬間、それまで感じることのなかった甘い香りが掌から立ち昇った。

部屋の窓は閉め切っているはずなのに、全身を風が吹き抜ける。花吹雪《はなふぶき》に似た白い風だ。体の内側で淀《よど》んでいた重たい空気が一瞬で後方へ吹き飛ばされ、意識まで飛ばされそうだと思ったとき宗隆に軽く肩を叩かれた。

「桜の匂いがしたか？」

はっと我に返って顔を上げる。どこから漂ってくるものか、鼻先にはまだ甘い香りが立ち込めたままだ。

「……します、桜餅《さくらもち》みたいな」

文緒の返答に宗隆は笑って、その手から香炉を摘まみ上げた。

「確かに、桜の匂いは桜餅の匂いだな。この香炉には桜の香を焚きしめてある」

宗隆が香炉をテーブルに置くのを見て、文緒は視界がクリアになっていることに気づく。瞼《まぶた》の上に温かなタオルでも置いた直後のように目の周りがすっきりとして、なんとなく体も軽い。

目を瞬かせる文緒を見て、宗隆はおかしそうに笑った。

「少しだけ気を弄らせてもらった」

「い、いつの間に⁉」

「香炉に魅入っている間に。あの瞬間、自分でもぼうっとしていたのがわかるか？」

目の前に迫ってくるような緻密な桜の編み模様を思い出し、文緒は何度も頷く。あまりに美しくてうっとりと見惚れた。これを作るまでにどれほどの時間がかかったのだろうと思ったら気が遠くなった。

「それが気を呑まれた状態だ。美しいものに人は心を奪われるし、精緻なもの、逆に視界に収まらないくらい大きなものを前にすると圧倒される。その状態にしておいて香の力を借りた方が気をコントロールしやすい」

気を呑んだり逸らしたりする方法は幻香師によってさまざまだそうで、絵画や手品、変わったところでは話術で相手を圧倒する者もいるらしい。

「俺の弟子になるのなら、この程度の香炉は作れないと困るな」

小さな香炉を指して宗隆が言う。たちまち文緒の表情が強張《こわば》った。どちらかというと細かな作業は苦手だ。

「明日から早速、組紐を編む練習でもしてみるか」

「で、でも師匠、その手では……」

「簡単なものなら片手でも編める」

いったいどれだけ器用なのだと震え上がる文緒を見て、宗隆は機嫌よく目を細めた。

「明日から厳しく行くからな。そのつもりでいてくれ」

文緒は弱々しく口を開いてみるものの声が出ない。腕が治るまでは、と思っていたが、片手でも編めると言われてしまえばその言い訳も使えず、文緒は不安一杯の表情で「はい……」と返事をするしかなかった。


翌日から、早速組紐を編む練習が始まった。

宗隆曰《いわ》く、組紐で作った根付《ねつけ》や被服飾りに香を焚きしめたものは、幻香師の作る一番初歩的なお守りだという。宗隆も修業を始めた当初はこればかり作っていたそうだ。

燦々と日が差し込む作業場で、大きな木のテーブルに生成りの糸を並べた宗隆は、「まずは糸を染めるところから始めよう」と平然と言った。

「そんなところから始めるんですか?」

「本当だったら糸を紡ぐところからやるんだが、さすがにこの手だと実践してみせるわけにもいかないしな」

ということで、その日は染め物の講義から始まった。

「俺が使っている染料は天然素材がほとんどだ。主な材料は、植物、動物、鉱物。植物染料なんかは比較的簡単で、玉ねぎの皮でも染めることができる。しっかりした色を出すためには媒染剤を使うが、これにもいくつか種類がある。同じ染料を使っても、媒染によって色が変わったりするからそれぞれの特性を覚えていった方がいい」

講義の時点でめげそうだ。思い通りの色を出すまでにどれほど失敗を繰り返すのだろう。

「……大変ですね」

「そうか？　俺は面白いと思うが」

実際やってみようか、と宗隆が席を立つ。

作業場の壁際には宗隆の背丈より少し大きな棚がずらりと並んでいて、ここにさまざまな用具が収められているらしい。

宗隆が腰の高さにある棚の引き出しを開ける。中に入っていたのは染料だ。プラスチック容器や、ガラスの瓶、ファスナーつきのプラスチックバッグなどが乱雑に収められている。買い集めたものをそのまま押し込んでいる感じだ。

ふと目を転じると、容器の隙間に『御請求書』と印刷された紙が挟まっているのに気づいた。請求書まで一緒くたにしまい込んでいるのか。

文緒は手持ち無沙汰に請求書を眺める。品名は貝紫《かいむらさき》。百グラムで、金額は八万円。うっかり唸《うな》り声を上げそうになった。鳥の胸肉なら百グラム二十円、ハムだって八十八円、小麦粉に至っては十三円だというのに、百グラムで八万円。

恐ろしいものを見てしまった気分で請求書から目を逸らそうとしたが、違和感を覚えて視線を戻す。目を眇《すが》め、一、十、百、千、と零《ゼロ》の数を数えて、息を呑んだ。

「八十万円⁉」

突然の大声に驚いたのか、宗隆が目を丸くしてこちらを見る。文緒は染料の器をかき分け請求書を引っ張り出すと、宗隆にそれを突きつけた。

「百グラム八十万円って、本気でこんな金額払ったんですか！」

「ああ、貝紫の請求書か。なくしたと思ったらこんなところに」

「こんな大事なものなくさないでくださいよ！　幻香師って自営業ですよね⁉　請求書なくしたら経費で落ちなくなりますよ！」

「よく知ってるな、そんなこと」

「父が病気がちで日雇いの仕事も多かったので確定申告はそれなりに……そんなことはどうでもいいんです！　それより本当に百グラム八十万もしたんですか？」

宗隆はあっさり頷く。信じられない。グラム八千円もする染料が存在するのか。

「貝紫色をどうしても出したくてな。原料はアカニシガイなんだが、一グラムの染料を取るのに千個近い貝が必要になるから、それなりに値が張る。見るか？」

「け、結構です！　何か間違いがあったら大変なので！」

文緒は恐ろしくてもう棚に近寄ることもできない。小さな瓶に入った染料をうっかり床に落として割ったらと思うと卒倒しそうだ。

青ざめる文緒を見て宗隆は苦笑を漏らす。

「貝紫は染料の中でも特に高いんだ。他は大したことないぞ？」

「普段からタクシーに乗って高級店の出前を取っているような人の『大したことない』なんてとても信じられません。師匠、さっき身近なものでも染物はできるって言ってましたよね。玉ねぎの皮とか」

「そうだな。紅茶や緑茶でもできるし、外に生えてる草なら、ヨモギ、タンポポ、ドクダミ、セイタカアワダチソウなんかでもできる。草木染めだ」

「だったら私は草木染めを極めます！　師匠の買った染料は使いません！」

宗隆は一瞬反論しようとしたようだが、文緒に「師匠も節約してください」と詰め寄られて諦めたらしい。染料には雑木林から摘んできた草花を使うことになった。

そんな調子で午前の講義を終え、昼休みを兼ね昼食を取ることになった。

食事を終えてもまだ百グラム八十万の衝撃から立ち直れないでいると、玄関でチャイムが鳴った。昨日のように依頼人でも来てくれたのかと急いで表に出たが、待っていたのは宅配業者だ。荷物を受け取って居間に戻ると、片手で汚れた皿を片づけていた宗隆が「来たか」と待ち切れぬ様子で近づいてきた。

「なんですか、この荷物。差し出しは……シ、シンガポール？」

「注文していた香木だ。香の講義をするのにちょうどいい。香木は香の原料で……」

「待ってください、先に請求書を確認します」

言うが早いか文緒は段ボール箱を開ける。緩衝材で厳重に梱包《こんぽう》された品物は宗隆に渡し、底に埋まっていた請求書を取り出した。書面にずらりと英語が並んでいる。ドルで表記されていた金額をざっと日本円に計算して、文緒は膝から崩れ落ちそうになった。

「よ、四十万……！」

片手で難儀しながら梱包を開けていた宗隆が、プラスチックケースに収められた古木のようなものを目の高さに掲げた。あれが香木らしい。

ゴルフボールサイズの枯れた木片が四十万。信じられない。文緒は愕然とした表情で宗隆を見遣る。

「四十万ですよ、それ……」

「伽羅《きやら》だからそんなものだろうな」

けろりとした顔で言い返され、改めて宗隆と自分の金銭感覚の違いを思い知る。

手元には十万に満たない金しかなく、次の入金もいつになるのかわからない状況なら四十万もする香木なんて購入キャンセルしてもよさそうなものを。

少なくとも文緒ならそうする。たとえキャンセル料を取られたとしても。

文緒はちらりと宗隆の右腕を見る。医者の見立てでは三週間はギプスをしておけとのことだったが、宇田川から依頼を受けた仕事に取りかかれるのはいつだろう。それまで手元の金だけでやりくりできるだろうか。

（私が……私が家計を切り詰めないと！）

文緒が身を震わせて決意していることも知らず、宗隆は満足そうに伽羅の香木を眺めている。のみならず伽羅の端を削って文緒に渡そうとしてきたりするので「節約してくださいって言ったじゃないですか！」と文緒も声を荒らげざるを得ないのだった。

＊＊＊

事故から一週間が経った。

怪我の経過を診《み》てもらうため、宗隆は朝から病院へ出かけていった。

宗隆が家を出るときはよく晴れていたが、午後に入るや一天にわかにかき曇り、珍しくひとりで昼食を食べていた文緒は慌てて物干し場へ出て洗濯物を取り込んだ。

洗濯物を縁側に置いて曇り空を見上げる。午後からは草木染めに使う葉を採りに行くよう宗隆から言いつけられているが、早めに出た方がよさそうだ。

材料を集めたら午後は平織りの練習だ。考えただけで気が重くなる。

引き続き文緒は宗隆から組紐の編み方を教えてもらっているが、これがなかなか難しい。我ながらここまで不器用だったのかと愕然とすること度々だ。基本中の平結びすらろくにできない。四本の紐を交互に結んでいくだけなのだが、必ずどこかで手順を間違える。力加減も上手くいかず、表面がぼこぼこと波打ってしまう。

とはいえ文緒も修業の身だ。苦手なことを避けて通れるはずもなく、まずは草木染めの材料を集めるべく家を出た。家の近くの雑木林には、染物に使える草が山ほどある。

雑木林に入った文緒は足元に茂る草をかき分け、目当ての草をひょいひょいと摘んでビニール袋に入れていく。ヨモギ、ドクダミ、セイタカアワダチソウ。以前宗隆に教えられたこれらの草は、すべて食べられる。だから当然文緒もよく知っているのだ。

草を摘む間も空は曇って、辺りは見る間に暗くなる。まだ昼だというのに日が落ちたような暗さだ。引き返そうかと顔を上げたところで、道の外れにタンポポが生えているのに気づいた。

(今夜はタンポポのお浸しにしようかな)

点々と生えるタンポポを追い、文緒は道を外れて少しずつ雑木林の奥に踏み入っていく。少し多めに摘んで冷凍保存しておこうなどと欲張って、ふと顔を上げたときには元来た道を見失っていた。

文緒は屈めていた身を起こして辺りを見回す。雑木林の中を走っている道は舗装こそされていないものの、車が通れるくらいには幅も広い。まさかこんなにあっさりと見失うとは思っておらず、慌てて最初に道を外れた場所を探すが、わからない。日が翳《かげ》って薄暗いせいもあり、まるで方向感覚が摑めなかった。

(でも、それほど広い雑木林じゃなかったし、歩いていればそのうち道に戻れるはず)

文緒は緩い斜面を上り始める。宗隆の家は高台にあるし、上に行けば見晴らしもよくなるだろう。

足元に溜まった朽ち木を踏み、絡みつく下草を蹴るようにして斜面を進む。いつもは緩い上り坂程度にしか思っていなかったが、道を外れると途端に傾斜がきつく感じた。息が乱れる。しばらく歩いたが周囲の風景はほとんど変わらず、自分が正しい方向に歩いているのかもわからない。

やはり下った方がよかっただろうか。迷って足が止まる。立ち尽くして乱れた息を整えていた、そのときだった。

「何してるの」

背後から声をかけられ、文緒の肩が跳ねた。

スカートの裾を翻して振り返ると、数歩離れたところに男性が立っていた。

宗隆と同年代だろうか。白い丸襟のシャツにグレーのジャケットを着て、首元には革紐にターコイズをぶら下げたネックレスをつけている。くるくると毛先の跳ねた髪は灰色で、先に向かうほど緑を帯びるグラデーションがかかっていた。

一口に言って派手な男性だ。こんな着飾った男が薄暗い雑木林にいる理由がわからず、文緒は警戒して一歩下がった。

「あの……道に迷って」

震える声で文緒が告げると、意外なことに男は人懐っこく笑ってみせた。

「あ、やっぱり？　道を外れたんでしょ。駄目だよ、危ないから」

猫のように目を細め、男性は文緒に背を向けて手招きをした。戸惑いながらついていけば、ほんの少し進んだ先に探し求めていた山道が現れる。こんなに近くにあったのに気づかなかったのかと目を丸くしていると、先に道に戻った男性に苦笑された。

「こんな林の中じゃ、数メートル離れただけで道を見失うことなんてざらだから気をつけた方がいいよ」

助けられたのだと理解して、文緒は慌てて男性に頭を下げた。

「ありがとうございました。気をつけます」

「ところで君、なんでこんなところに迷い込んだの？　この先は家が一軒あるだけだよ？」

「はい、私、その家でご厄介になっていまして」

男性は大きく目を見開いて文緒の顔を凝視する。

「厄介って……宗隆の家で？　君が？」

「師匠をご存じなんですか？」

尋ねれば、男性は裏返った声で「師匠！」と叫んだ。

「まさかあいつ、弟子を取ったの？　生意気だなぁ」

形のいい眉を跳ね上げて山道を登り始めた男性を追いかけ、文緒は尋ねた。

「あの、失礼ですが、貴方は……？」

男性は振り返ると、そうだった、と言いたげに目を見開いた。

「俺は宗隆の兄弟弟子で、柊木って言います。屋号は山鳩堂」

そう言って、柊木は鳩の羽に似た色の髪を揺らして笑った。


柊木は宗隆に用事があるというので、とりあえず家で宗隆の帰りを待ってもらうことになった。客間に案内して緑茶を出すと、柊木は礼を言って懐から名刺を取り出した。

「改めまして、山鳩堂の柊木尊《たける》です。よろしくね」

「私は、こちらで住み込みの弟子をしております。笹谷文緒です」

柊木の名刺を両手で受け取り、よろしくお願いします、と頭を下げる。

「師匠は朝から出かけていまして、多分そろそろ帰ってくると思うんですが」

「そうか。君、本当にあいつの弟子なんだね」

柊木にしげしげと眺められ、文緒は肩を縮めた。

「自称弟子で、やっていることはハウスキーパーと変わりません」

「じゃあこの家の掃除とか、あいつの食事の世話とかしてんの？　うわ、時代錯誤」

「ち、違います、私が進んでやっているだけで、やらされているわけでは」

慌てて弁解する文緒を見て、柊木は楽しそうに笑う。

「ちなみに今日の夕飯は？　あいつのことだからさぞ豪勢なものを食べてるんでしょ？

俺もご相伴にあずかろうかな」

「今日の夕食なら、もやしのチヂミと豆腐の茶わん蒸しですが……」

それまでにこにこと笑っていた柊木の顔から笑みが引いた。

「なんの茶わん蒸しだって？」

「豆腐です。玉子だけで作るよりお腹に溜まるので。お歳暮にいただいたカニ缶も入れるので、普通の豆腐茶わん蒸しより美味しいと思います」

「あいつ缶詰とか食べるの？　賞味期限切れるまで放置して捨ててるんだと思ってた」

「そういえば、納戸に保管してある缶詰や保存食は結構賞味期限切れしてましたね。師匠には賞味期限のことは言わず、全部加熱して美味しくいただきましたが」

無表情だった柊木の顔に、またゆるゆると笑みが浮かぶ。俄然文緒に興味が湧いたような顔で、座卓越しに身を乗り出してきた。

「じゃあ今日の夕飯は豆腐の茶わん蒸しとチヂミだけ？」

「それからタンポポのお浸しを……」

「まさかさっき雑木林で摘んでたタンポポって、食べるため？」

「いえ、半分は草木染めに使うつもりで」

「あれ西洋タンポポでしょ？　苦いよ？」

文緒は軽く目を瞠《みは》り、そうですね、と頷く。

「在来種なら苦味も少ないのでサラダにするんですが、この辺りにはあまり生えていないので……。ところで柊木さん、タンポポ食べたことがあるんですか？」

外来種は苦いなんて、食べたことがある人間の口からしか出てこない言葉だ。柊木は満面の笑みを浮かべ「まあね」と頷いた。

「昔はよく食べてたよ。スーパーで売ってる野菜も道端の草も、マヨネーズかければどれも似たような味だよね。宗隆にそんな話をしたら目を剝《む》かれたけど」

あいつはお坊ちゃんだからさ、と柊木は座卓に頰杖をつく。

「住んでる世界が違いすぎて、最初は会話が成立しなかったな。あいつの実家、お抱えのシェフがいるんだよ」

「そ、そうなんですか？」

「知らないの？　あいつ、三ノ宮グループの御曹司だよ」

「三ノ宮って……」

まさか、と文緒は顔を強張らせる。

今まで気に留めたこともなかったが、三ノ宮とはもしや、テレビのコマーシャルでよく流れるあの三ノ宮証券のことか。あるいは三ノ宮リゾートのことか。はたまた三ノ宮不動産のことか、三ノ宮建設か。グループと言うからには全部かもしれない。

「さ、三ノ宮グループ？」

青ざめる文緒を見て、「知らなかったんだ」と柊木は愉快そうに笑った。

「だからレトルト食品とか食べたことないし、缶詰もどうやって食べるんだかよくわからないんだって。食うや食わずで川辺の雑草食べてた俺とは大違いだよ」

なおも笑いながら、柊木は文緒に目を向ける。

「宗隆はその辺の草を食べるなんて信じられないって顔したけど、君はしないね」

「まあ、私も子供の頃はそういう食生活を送っていたので」

「ロハス気取ってタンポポ食べてるわけじゃないの？」

「食うに困って食べてるんです」

文緒は眉尻を下げて笑う。

金がなければ食べ物も買えない。でも生きていくためには食べなくては。食べるものがないなら探すしかない。格好なんてつけている余裕はなかった。

柊木は頬杖をついたまま文緒を眺め、ふいに目元を和らげた。

「君、どうせなら俺の弟子になればよかったのに。俺と同じ匂いがする。なんであんな男の弟子になったの？」

「それは……」

どう説明すべきか迷っていたら玄関の戸が開く音がした。宗隆が帰ってきたらしい。

文緒は柊木に断りを入れて席を立つとまっすぐ玄関に向かった。宗隆を出迎えながら柊木が来ていることを報告しようとしたが、三和土に立つその姿を見て目を丸くする。

家を出るときは三角巾で腕を吊っていたのに、帰ってきた宗隆は三角巾を外していた。仰々しいギプスも外され、代わりに手の甲から肘を覆うサポーターが巻かれている。

「三週間は固定していろという話では……！」

「医者にも驚かれたが、仮にも幻香師だからな。常人よりは気の巡りがいいんだ」

「そ、そういうものなんですか⁉」

気の巡りがいいと治癒能力も上がるのか。まさかこんなふうに幻香師の実力を目の当たりにするとは思っていなかった。

「さすがに指先は極力動かすなと釘《くぎ》を刺されたが。……ところで、誰か来てるのか？」

宗隆が三和土に残されたショートブーツに目を向ける。思い出して柊木が来ていると告げれば、たちまちその表情が険しくなった。

宗隆とともに客間に戻ると、のんびりと緑茶を飲んでいた柊木が「久しぶり」と宗隆に片手を上げた。

「お前はまたなんの連絡もなく……来るならせめて事前に連絡を入れろ」

「来るつもりもなかったんだけど、時間が空いたから寄ってみようと思って」

柊木は湯呑を口に運ぼうとして、宗隆の右手を見るなり動きを止めた。

「その腕どうした？」

宗隆はちらりと自身の腕を見下ろし「骨にひびが入った」と短く告げる。

「じゃあ宇田川さんの依頼、断ったのか？」

「断ってないが、いつ品物を納入できるかわからない状態だとは言ってある。こういうことがあるから事前に連絡しろと言ってるんだ」

「そりゃ悪かった。お前の客が支払い渋ってるって噂《うわさ》になってたから、少し仕事を回した方がいいかと思って」

親切な人ではないか。文緒は柊木を見直したが、宗隆は苦虫を嚙み潰したような顔だ。

柊木が喉の奥でくつくつと笑う。

「品物を納入した時点で代金を請求すればいいものを、効果がなければ返金しますなんて馬鹿正直に言うからこういうことになるんだぞ」

「組合の規定ではそう対応することになってる」

「無視しろよ、そんなの。お前は相変わらず損得勘定が下手だなぁ」

「そうやっていつまでも兄弟子ぶるのはやめてくれ」

「実際俺の方が師匠の下についたのは早い」

「ほんの数週間の差だろう」

宗隆は座卓に近づこうともせず、部屋の入り口に立ったまま会話を交わす。長話をするつもりはないらしい。

柊木はそんな宗隆の態度にも頓着せず、座卓に肘をついて言った。

「宇田川さんの依頼どうする？　あの人、運送会社の会長だからかなり報酬は弾んでくれると思うけど、やっぱり俺が引き受けようか？」

その手じゃ無理だろ、と柊木は宗隆の右手を指さす。

自身の手を見下ろした宗隆が顎を引くような仕草をして、文緒はとっさに宗隆の左腕を摑んだ。

「だっ、大丈夫ですよ、師匠！　宇田川さんも待ってくれるって言ってましたし、師匠の腕の治りはお医者様も驚くほど早いんです、お引き受けしましょう！」

振り返り、でも、と言おうとする宗隆を大きく首を振って止める。これほど金銭的に余裕のない状況であっさり仕事を手放そうとする宗隆の気が知れない。

二人の様子を見ていた柊木が、声を立てて笑った。

「宗隆、いい弟子を拾ったな。お前もそれくらい経済観念がしっかりしてればいいのに」

湯呑の茶を飲み干し、柊木は文緒に目を向ける。じっと見詰めてきたと思ったら、猫のように薄く目を細めた。

「その子の魂光の色、わかりやすいな。ただでさえ眩《まぶ》しいくらい外に出てるのに、お前が帰ってきた途端露骨に変化した。いろいろとだだ漏れだ」

「だ……だだ漏れ……？」

なんのことかと宗隆を見上げるが、宗隆は渋い顔を作ってこちらを見ようとしない。答えを求めて柊木を見れば、おや、と眉を上げられた。

「宗隆から何も言われてないのか。君の魂光……」

「言うな」

いつになく厳しい声で宗隆が柊木の言葉を遮る。驚いて宗隆を見上げようとすれば、鍋に蓋でもするように宗隆が文緒の頭に手を載せてきた。

重たい手の感触に心臓が飛び上がり、危うく咳き込むところだった。

宗隆が文緒の頭に手を置くのはこれで二度目だが、どんなつもりでこうも頻々《ひんぴん》と他人の頭を撫でるのだろう。柊木によると宗隆の実家はたいそうなお金持ちらしいが、豪邸で大型犬でも飼っていたのだろうか。文緒も犬扱いか。いずれ問い詰めないと心臓が持たない。

「し、師匠、あの……っ」

「柊木の言うことに耳を貸すんじゃない。こいつは余計なことしか言わないんだ」

文緒の言葉を遮って宗隆は言い放つ。本人の前でも容赦なしだ。柊木は柊木で「ひどい言われようだな」と笑っている。

文緒が視線で説明を求めてみても、宗隆は手荒に頭を撫でるばかりで答えない。何かごまかされているとは思ったが、頭を撫でられる感触に心臓が締めつけられて追及の声が引っ込んだ。犬扱いという可能性は捨て切れないが、それでもやっぱり好きな人が触れてくれるのは嬉しい。胸の奥からじわりと温かな気持ちが染み出てくる。

(……好き)

胸の中で想いを言葉にした瞬間、宗隆の手がびくりと震えて文緒の頭から離れた。よろけるように文緒から離れ、無言で奥歯を噛みしめる。心なしか目元が赤い。きょとんとする文緒の背後で、柊木が半ば感心した声を出した。

「こんなだだ漏れで、一緒にいてよく恥ずかしくないな」

「……仕方ないだろう。この状況で放っておけるか」

文緒だけが会話についていけないが、柊木は何か悟った顔で「なるほど」と頷く。

「ただの弟子じゃないわけだ。またお前、金にもならない厄介事を抱え込んだな?」

「放っておいてくれ」

文緒は宗隆と柊木を交互に見て首を傾げる。

ただ漏れとはなんだろう。何か顔に出てしまっていただろうか。

柊木は立ち上がると、文緒とすれ違いざま、ぼそりとこんなことを言った。

「君には十分使い道があるのに、何もしないなんて宗隆も馬鹿だね」

不可解な言葉の意味を問う暇もなく、柊木は部屋を出ていってしまう。宗隆に尋ねようとしたが、宗隆は何か問われる前から唇を固く引き結んで聞き出すのは難しそうだ。

(ただ漏れって……?)

文緒はなんの変哲もない自分の掌を見下ろし、首を傾げることしかできなかった。

ギプスが外れると、宗隆はこれまで以上に積極的に文緒に草木染めや組紐の編み方を教えてくれるようになった。

練習のかいもあり、文緒もなんとか平織の根付を完成させた。宗隆の家の庭に植えられていた琵琶《びわ》の葉で染めた珊瑚色《さんごいろ》の糸と、玉ねぎの皮で染めた黄色の糸を編み込んで、てっぺんには悪戦苦闘しながら球形にした玉結びをつけたお守りだ。

お世辞にも見栄えがいいとは言えないそれに、宗隆はわざわざ香を焚きしめてくれた。香の値段を知っている文緒は必死で辞退したが、「香を焚かないとお守りにならない」と言って聞いてくれなかったのだ。

宗隆が選んでくれたのは、金木犀《きんもくせい》の香だ。

不格好でもなんでもお守りは肌身離さず身につけておくよう言い渡され、おかげでここ数日は折に触れ金木犀の甘い香りを感じながら生活している。

文緒の修業につき合うだけでなく、宗隆自身も夜になると作業場にこもるようになった。宇田川の依頼品を作るべく深夜まで作業しているようだが、右手が使えないせいか進捗は芳しくないようだ。日増しに目の下の隈《くま》が濃くなっていくその顔には、焦燥の色が濃い。

宗隆のギプスが外れてから四日目の夜、風呂を出た文緒は寝間着に着替えて自室に向かっていた。寝間着は宗隆から借りたスウェットの上下だ。明らかにサイズが合っていないが、袖と裾を折り、パンツの紐を引き絞って着ている。こちらの恋心がばれぬよう平然と宗隆のスウェットを着ているが、袖を通すたび宗隆の体の大きさを実感してドキドキしているのはここだけの秘密だ。

作業場の前を通りかかると、中から明かりが漏れていた。仕事熱心なのは結構だが、右腕も完治していないしあまり根を詰めすぎては心配だ。

(少しくらい休憩も取っているといいんだけど……)

お茶でも淹《い》れて持っていってみようか。どうせなら夜食でもいい。そんな考えが頭を過り、文緒はいったん台所へ向かうと、小一時間ほど経ってから再び作業場へ戻った。

思ったより時間がかかってしまったが、作業場からはまだ明かりが漏れていた。文緒は土間に下りると、片手に夜食の載った盆を持ってそっと木戸を叩く。

作業場にいる宗隆のもとを訪ねるのは初めてだ。仕事の邪魔をするなと怒られるかもしれない。ドキドキしながら待っていると、奥から足音が近づいてきてがらりと木戸が開いた。

宗隆は夕食時に見たのと同じ白いシャツに黒いパンツ姿だ。エプロンなどはつけておらず、左手だけが乾いた粘土をまとって白くなっている。驚いたような顔で「こんな遅くにどうした」と尋ねてくる宗隆に、文緒はおずおずと盆を差し出した。

「あの、夜食を作ってきたので、これでも食べて、ときどき休憩してください」

盆に載っていたのは、藍色の角皿にざらりと並べられた星形のクッキーだ。それを宗隆に手渡して立ち去ろうとすれば、「待ってくれ」と呼び止められた。

「ちょうど少し休もうと思ってたんだ。一緒に食べていかないか？」

「い、いいんですか……？」

頷いた宗隆が木戸を大きく開けると、部屋の奥から濡《ぬ》れた土の匂いが流れてきた。中に足を踏み入れれば、窓際の大きなテーブルに粘土の塊が放置されている。文緒が来るまで宗隆が練っていたのだろう。しかし粘土は正方形を少し歪《いびつ》にしたような格好で、何を作ろうとしていたのかはわからない。

あるいは宗隆自身も、何を作るべきか迷っているのだろうか。

宗隆は粘土が置かれているのとは別のテーブルにクッキーを置くと、水道で手を洗いながら「何か飲むか？」と文緒に声をかけてきた。

「あ、そういえば飲み物がなかったですね。お茶でも淹れてきます」

台所に戻りかけた文緒を宗隆が手招きする。宗隆は染料などがしまってある壁際の棚の前に立つと、腰より少し低いところにある引き出しを開けてみせた。中に並んでいたのは電気ポットとカップ、それから茶葉の数々だ。

「作業に詰まると温かいものを飲むようにしてるんだ」

知らなかったか、などと宗隆は言うが知るわけがない。グラム八千円の染料が無造作に突っ込まれている棚なんて、恐ろしくて滅多なことでは開ける気にもなれなかった。

片手でポットに水を入れようとする宗隆を制し、文緒は自ら飲み物の準備をした。紅茶を淹れてテーブルに持っていくと、宗隆が文緒の作ったクッキーをじっと見ていた。どうしました、と声をかけると、宗隆がゆるりと顔を上げる。

「──綺麗だ」

文緒と視線を合わせ、宗隆は低い声で言う。

真剣な声にどきりとした。うろたえて視線を揺らしたものの、宗隆がテーブルに視線を戻したのを見て、クッキーに向けられた言葉だと気づく。

一瞬、自分に対して口にされたのかと思ってしまった。恥ずかしい勘違いをして内心身もだえる文緒をよそに、宗隆は角皿に並ぶ大小さまざまな星形のクッキーを見詰める。

「型抜きしたのか? うちに型なんてなかったと思うが……」

羞恥にのたうっていた文緒は我に返って、はい、とことさらはきはきした声で答えた。

「型なら、自分で作りました。牛乳のパックを使って」

「そんなもので型抜きが作れるのか」

感心した顔で言われるとなんだか照れくさい。

文緒が作った型抜きは三種類。皿の上には大、中、小の星形クッキーと、大きな星の中心を小さな星でくり抜いたクッキーがちりばめられている。

藍色の角皿は食器棚の奥にしまい込まれていたものだ。厚みがあり、表面が少しでこぼこしている。くぼみに釉薬が溜まって独特のグラデーションができており、一目見て未明の空のような色だと思った。だから星型のクッキーを作ったとき、真っ先にこの皿を使おうと決めたのだ。

「天の川みたいだな」

星型のクッキーがちりばめられた皿を見下ろし、宗隆は唇をほころばせる。皿に手を伸ばすと一番大きな、文緒の掌ぐらいあるクッキーを指先で摘まみ上げた。

「随分薄い」

「おからのクッキーなので、あまり厚くするとぼそぼそしてしまうんです」

「豆腐だけじゃなくておからも活用してるのか」

小さく笑って宗隆はクッキーに歯を当てる。ぱきん、と小気味のいい音がして、薄いクッキーが真っ二つに割れた。

「アーモンドのような食感がするが、これもおからか？」

「そうです、おからの原料も豆ですし」

「でも豆くさくはないな。これは、なんの香りだろう」

首を傾げる宗隆に「蜂蜜かもしれません」と文緒は答える。

「納戸にアカシアの蜂蜜があったので、少しだけ入れてみました。バターは高くて買えないので、少しでもコクが出ればと思って……」

宗隆は納得したように頷いて、もう一枚クッキーを口に運ぶ。固唾《かたず》を呑んでその横顔を見守っていると、ようやく文緒の視線に気づいたのかこちらを見た。

「あの、お味はいかがですか？」

緊張気味に尋ねると、宗隆はきょとんとした表情から一転、目尻に皺を寄せ照れくさそうに笑った。

「すまん。あんまり美味いから感想を言うのを忘れてた」

無防備な笑顔に心臓が飛び上がる。一瞬で頬に赤みが差して慌てて顔を伏せた。幸い宗隆は文緒のクッキーを摘まむのに夢中で、こちらの顔色には気づいていない。

「オーブンもないのに、どうやって焼いたんだ？」

「ト、トースターで、焼きました」

「上手いもんだな。牛乳パックで型抜きが作れるのにも驚いた」

「子供の頃から、お菓子はよく作ってたんです。買うより断然安いので。好きが高じて製菓学校に通ったりもしました」

宗隆は指先できつね色に焼き上げられたクッキーをじっと見詰め、「冬の星の色だ」と呟いた。キョトンとする文緒を見遣り、目を細める。

「お前の魂光の色が移ってる。冴《さ》え冴《ざ》えとした青だな」

「魂光って、そんなに簡単にものに移るんですか？」

「いや、軽く触れた程度では魂光をまとわせることはできない」

こうやって、と宗隆は手の中にクッキーを一枚握り込む。割らないよう加減をしているのか、横顔が真剣味を帯びた。

「集中して、自分の魂光が物に絡みつく様子をイメージしてやって、ようやくほんの少し魂光が宿る。ほら、赤紫になったのがわかるだろう」

指を開いてクッキーを掲げてみせる宗隆に、文緒は無言で頷いた。実際は魂光などまるで見えなかったが、見えると嘘をついて弟子になった手前余計なことは言えない。

「本来なら、物質に一定量の魂光をまとわせるのはかなり高度な技術を要する。俺もこれができるようになるまでは数年かかった」

「そ、そうなんですか？　私、普通にクッキーを作っただけなんですが……」

「稀《まれ》にいるんだ、幻香師でもないのに物に魂光をまとわせられる逸材が。物作りをしている人間に多い。集中するあまり、無意識に手元に魂光を集めてしまうんだろう。訓練もせずにそういうことができるのはもう、才能だ」

「じゃあ、私にもそういう才能が？」

宗隆は掌の上のクッキーを口に入れながら「そのようだ」と頷く。

だったら、という言葉が喉元までせり上がってきた。

見えもしない魂光を見えると言い張って宗隆の家に転がり込んだ文緒だが、本当にそんな才能があるのなら本気で幻香師を目指すこともできるのではないか。どうせ一ヶ月かそこらで終わる生活だと諦めていたが、この先も宗隆の側《そば》にいられるのでは。

期待してしまいそうになり、慌てて頬の内側を噛みしめた。浮つく心を痛みで引きしめ、希望を胸から追い払う。

期待することは願うことと同義だ。願えば叶ってしまう。しかしそうして叶った望みは遠からず潰える。アパートと職場をいっぺんに失ったときのように。

望めない。宗隆の弟子でい続けることも、幻香師になることも。

自分自身の恋心さえままならない。何か行動に出ることはできず、一方的に好きだと思うのが関の山だ。相手に何かを望まないようにしなければ。

深く考えまいと、文緒は別の質問を宗隆に投げかけた。

「そうやって魂光をまとわせたものって、何か特別な効果とかあるんですか？」

「ああ。自分自身の魂光をまとわせたものでは意味がないんだが」

なぜ、と首を傾げた文緒に、宗隆は嚙んで含めるように言う。

「磁石のN極とS極のようなもので、異なる魂光は反発し合う。他人の魂光をまとわせたものを肌身離さず身につけていると、持ち主の周囲に常に反発する力が働いて強い気の流れができる。それが悪い気を撥ね返す力になってくれるんだ。その分、いい気が流れ込みやすくもなる」

「魔除《まよ》けのお守りみたいですね。魂光はずっと物にまとわり続けるんですか？」

「いや、時間とともに薄れて効果もなくなる。神社なんかでもらうお守りと一緒だな。あれも一年経つとお焚き上げをするだろう」

言いながら、宗隆はもう一枚クッキーを口に放り込んだ。

「魂光をまとったものは身につけているだけで十分効果があるが、一番即効性があるのは食べることだ。その分持続力はないが、直接体内に入ってくるだけに効果が顕著だ」

ぱりぱりと小気味のいい音を立ててクッキーを咀嚼し、宗隆はサポーターの巻かれた腕を軽くさすった。

「幻香師見習いの作った飯を三食食べてるんだ、医者が驚くほど治りが早いはずだな」

「わ、私の作ったご飯で？」

驚いて声が裏返ってしまった。

自分の作るなんの変哲もない料理が宗隆の体に影響を与えていることも信じられなければ、宗隆がさらりと「幻香師見習い」と言ってくれたことにも衝撃を受けた。自ら弟子を名乗っていたものの、宗隆が本気でそうと認めてくれているか確信が持てなかっただけに喜びもひとしおだ。

文緒は胸の奥からせり上がってくるものを必死で呑み込み、明日からはもっと美味しいご飯を作ろう、と思う。今は声が震えてしまわぬよう、必死で平静を装って口を開いた。

「……幻香師って、思ったよりいろいろなことができるんですね」

宗隆はマグカップを口元に運びながら「弟子入りしておいて今更だな」と笑った。

一口紅茶をすすり、宗隆はしげしげとクッキーを眺める。藍色の角皿の上にばら撒かれた星形のクッキーは色むらもなく、牛乳パックで作った型抜きを使っているとは思えないほど形も整っている。

「組紐ひとつ編めないなんてとんだ不器用だと思っていたが、もしかすると無理に組紐なんか練習せず、菓子を極めた方がいいかもしれないな」

「お菓子で相手の気を呑むんですか？」

波立った心をなんとか宥《なだ》め、宗隆の作った香炉を思い出しながら尋ねる。桜の模様が密に編み込まれた美しい香炉には人を圧倒するだけの力があったが、文緒の菓子にあれと同等の力があるだろうか。とてもそうは思えないが。

「気を呑んだり逸らしたりする導入は案外単純なものでもいいんだぞ。それに、このクッキーは掛け値なしに綺麗だ」

テーブルに頬杖をついて、気に入りの本を覗き込むような顔で宗隆は文緒のクッキーを眺める。手放しで褒められて、心臓が胸の内側を勢いよく叩いた。

嬉しくて息が詰まる。胸の中心に震えが走って、宗隆に礼を言おうと口を開いた瞬間、ざっと目の前に砂嵐が走った。

眩暈《めまい》の前兆だ。わかったところで止めようもなく、ぐらりと体が傾いた。

潮が引くように周囲の音が遠ざかり、視界が白んで何も見えなくなる。とっさに伸ばした指先が痺《しび》れ、何かに触れているのかどうかすら定かでない。

どこかへ落ちていくような錯覚に奥歯を嚙みしめたとき、伸ばした手を強く握りしめられた。

「どうした、大丈夫か」

すぐ側で聞こえた宗隆の声をきっかけに、遠ざかっていた音が急速に戻ってくる。

何度か瞬きをすると視界を覆っていた砂嵐も消え、思ったより近くで宗隆と目が合った。体を前のめりにした文緒の手を宗隆が取り、倒れないように支えてくれている。

まだ若干視界に残っていた砂嵐のようなものが、一瞬で吹き飛んだ。

間近で見た宗隆の瞳は美しい琥珀色だ。見惚れて返答が遅れる。

宗隆は心配顔で文緒の手を強く握る。ぼんやりと宗隆の瞳を見上げていた文緒は、その力強さと熱いくらいの体温でようやく我に返り、弾かれたように身を起こした。

「すっ、すみません！　大丈夫です！」

一気に心拍数が跳ね上がる。寝起きに飛び起きたようでまた視界が傾き、宗隆がいよいよ腰を浮かせかけた。文緒は再三、大丈夫ですからと繰り返し、宗隆に握られたままの手をぎこちなく引いた。このまま手をつないでいたら本気で目を回しそうだ。

宗隆は心配そうな顔を崩さず、ゆっくりと文緒から手を離した。完全に保護者として案じている顔だ。ドキドキしているのは自分だけかと思うと少しだけ冷静さが戻ってきて、文緒は息を整えながらティーカップに手を伸ばした。

温かい茶が喉を滑り落ちてほっと息をついたが、宗隆はまだ心配顔のままだ。さすがに何も説明しないわけにはいかず、文緒はカップの中に視線を落として呟いた。

「多分、貧血か何かだと思います。最近多いんです。師匠に車から庇ってもらったときも眩暈がして……」

「貧血なのか？　本当に？」

文緒の言葉を遮って、宗隆は何か見定めるように目を細める。

「……お前はときどき、妙な気の乱れ方をするときがある。初めて会ったときから思っていたが、何か不自然だ。気の巡りが速すぎるし、魂光が見えすぎる。気を取り込む量に比べて、魂光を放出する量が圧倒的に多い」

「そうなんですか？　ど、どうしてでしょう……？」

「わからないが、不自然なのは確かだ。そのうち魂光のコントロール方法も教えた方がいいな。とりあえず、今日のところは応急処置だけしておくか」

言うが早いか立ち上がり、宗隆は文緒を見下ろして悪戯っぽく目を細めた。

「眠る前に魔法をかけてやる」

「ま、魔法……？」

戸惑う文緒をよそに洗い場に立った宗隆は、なぜかもう一杯茶を淹れ始めた。片手しか使えないのに大丈夫なのかとそわそわしたが、宗隆は左手で器用に茶葉を量り、白い陶器のティーポットを手に戻ってくる。そして文緒の前に、透明なガラスのティーカップとソーサーを置いた。

「ハーブティーだ。飲めば今夜はぐっすり眠れる」

宗隆はそう言って、ポットからガラスのカップにゆっくりと茶を注ぎ入れた。

文緒は礼を言おうとして声を呑む。カップに注がれた茶が、淡い紫とピンクの中間のような、春の夕暮れに似たピンク色だったからだ。

「綺麗……！」

宝石に手を伸ばすようにそろりとカップを持ち、立ち上る湯気をそっと吸い込む。匂いから察するにレモンティーか。一口含んでみたが匂いほど酸っぱくはなく、渋みもえぐみも感じない。

「味に癖がなくて飲みやすいだろう。茶葉自体の匂いもほとんどないんだ」

宗隆はいったんテーブルを離れると、今度は白い粉が盛られたスプーンを持ってきた。粉砂糖だろうか。椅子に腰を落ち着け、まだ半分近く中身が残っている文緒のカップの上にスプーンを掲げる。

「カップの中をよく見ていてくれ」

言うが早いか、スプーンの中身をさらさらとカップに落とす。

紅茶に白い粉が落ちていくさまを見守っていると、カップの中で変化が生じた。ピンク色の紅茶が、ゆっくりと青に変化する。まるで日暮れの空を見ているように、ピンクから紫、澄んだ青から藍色へ。

息を詰めてその変化を見守っていた文緒は、宗隆がカップからスプーンを離すや、こらえ切れずに叫んだ。

「魔法ですか⁉」

「魔法だな」

自分でも幼稚だと思った言葉は否定されず、手元のカップの中の紅茶は一層青く染まっていく。まるで夕暮れの空から光が失われていくようだ。

スプーンを置いた宗隆が片手を上げて、カップの上の空気を緩く掻《か》くような仕草をした。その程度のことで風が起こるはずもないのに、ふっと周囲の空気が動く。

「カップの中に何が見える？」

言われるまま中を覗き込む。青い液体は夜の空のようだ。思った瞬間、底の方で何かが光った。小さな瞬《また》きに目を凝らせば、炭酸の泡が次々浮かび上がってくるようにカップの中で光が弾ける。まるで星だ。小さな窓から星空を見下ろしている気分になって恐る恐るカップを両手で包むと、青々としたレモンの香りが鮮明になった。

「飲んでみるといい」

促され、そっとカップを持ち上げる。ガラスの器の中で星空が揺れた。不思議な光景に心を奪われ声も出ない。カップに口をつけ、目を閉じて紅茶を喉に流し込む。

視界を閉ざしても、瞼の裏で満天の星が弾けるのが見えた気がした。まるで光の滴を飲み込んでいる気分だ。爪先から頭のてっぺんまで、炭酸が弾けるのにも似た爽快なさざめきがすり抜け、あとには青いレモンの香りが微かに残る。

溜息交じりに目を開けば、宗隆が肘をついてこちらを見ていた。唇に満足そうな笑みが浮いている。「気分は？」と尋ねられ、文緒は瞬きをしながら肩を上下させた。

「なんだか……肩が軽いような、だるかったのが楽になった気が、します」

「気の巡りもさっきよりゆっくりになってるな。魂光の強さも落ち着いてる」

「師匠、何をしたんですか？」

宗隆は笑って「魔法をかけた」と言う。

冗談だとわかっていても、本当に魔法にかかった気分だった。眩暈を起こしたあとはいつもしばらくだるいのに、今はすっかり体が軽い。

目を丸くする文緒に、宗隆はやっぱり笑いながら種明かしをしてくれた。

「さっき淹れた紅茶はバタフライピーだ。マメ科の植物のハーブティーで、本来の色はその通り青い」

宗隆が指さしたカップの中にはまだ少し紅茶が残っている。覗き込んでみてももう星空は見えなかったが、鮮やかな青はそのままだ。

「これはクエン酸に反応すると酸化してピンク色になる。だから先にレモンを入れておいた。これに重曹を加えると、今度はアルカリ性になって青に戻る」

「魔法じゃなくて化学変化ですか？」

「そうだ。でもちょっと驚いただろう？　そういうものも立派な導入になる。一瞬でも相手の気を呑むことができれば気をコントロールするのは容易だ。気を弄ることで相手の体調を整えることもできるし、さっきみたいな幻を見せることもできる。あの程度なら香を使うまでもない、レモンの香りで十分だ」

宗隆は幻と言うが、あんなに鮮明に見えるものなのか。カップの中で揺れていたのは本物の星空にしか見えなかった。

「もしかして、宇田川さんにも今みたいに幻を見せるんですか？　亡くなった友人の」

「いや、幻なんて見せなくても死者なら呼べる」

あまりにさらりと言い放たれたのでうっかり頷いてしまいそうになったが、直前で踏みとどまった。今、死者を呼ぶと言ったのか。呼べるのか。

口にせずとも困惑が伝わったのか、宗隆はあっさり「呼べる」と断言した。

「神社や寺で香を焚くのは、穢《けが》れを払うため、修行者の精神を安定させるため、それから死者を冥界に届けるためだ。反対に、香には死者を導く力もある。反魂香《はんごんこう》は知らないか？　中国に伝わる香で、煙の中に死者の姿が見える。もっとも、俺たちが使うのはそんな特殊な香じゃなく、死者に会いたがっている人間と相性のいい香だが」

「そんな降霊術みたいなこともできるんですか」

「できる。問題は、依頼人が死者に気づいてくれるかどうかだ。信じていない人間に死者の魂を見せることは難しい」

宗隆は眉間に皺を寄せ、「間違い探しのようなものだ」と言う。

「死者の魂は案外あっさりそこにあるから、気づかないことの方が多い。間違い探しのように、あると思って探さない限り見つけることができないんだ。香の煙で死者を呼んでも、依頼者がいると信じて探してくれない限りは、会えない。だから信じてもらうための導入が必要だ。俺の場合は、香炉が導入になる」

桜模様が編み込まれた真っ白な香炉を思い出し、あれなら確かに心を奪われる、と思った。文緒だって見惚れて動けなくなった。完全に気を吞まれていたはずだ。

「宇田川さんにはどんな香炉を作るんですか？」

「……まだ決まっていない。迷ってる」

呟いて、宗隆は難しい顔で窓際のテーブルに置かれた粘土を見る。宗隆の迷いを体現するように粘土は固く沈黙して、手持ち無沙汰に練られただけのように見えた。

「あの、でも、まだ怪我も完治してないので、あまり無理しないでくださいね……？」

一応そう声をかけてみたものの、宗隆は思い悩むような顔で粘土の塊を眺め、結局その晩も夜が更けるまで作業場の灯《あか》りは落ちなかった。

＊＊＊

宗隆の家に来てから二週間が過ぎた。

文緒は相変わらず家の雑事に余念がないが、最近は修業内容がひとつ増えた。瞑想だ。

文緒の気の巡り方が不自然で頻繁に眩暈を起こしていると気づいた宗隆が、気をコントロールできるようにと教えてくれた。

最初はどんな難しいことをさせられるのかと身構えたが、実際やってみると大したことはない。縁側に腰かけ、目を閉じて五分間呼吸を整えるだけだ。暇があったらやるようにと言い渡されているので、洗濯物を干したあとなど縁側に腰かけて目を閉じるようにしている。

その日も文緒は洗濯物を干すと、縁側に腰を下ろして目を閉じた。

こうしていると、忙しく立ち働いているときには感じられない体の様子がよくわかる。首のつけ根に軽い痛み。肩が凝っているのか。大きく息を吸い込むとどこかでぱきんと骨の鳴る音。しばらくそうしていると心臓の音が緩やかに小さくなって、呼吸の回数が減っていく。

なおもじっとしていると体の奥で何かが渦を巻き始める。瞑想を始めるといつもそうだ。

腹の底が煮立つようにぐらぐらと揺れ、穏やかだった心拍数が上昇する。

息苦しさに薄く目を開け、文緒は息を呑んだ。物干し場に宗隆が立っていたからだ。

「し、師匠！　いつから……！」

物干し台に凭れるようにして文緒を眺めていた宗隆は、あたふたと立ち上がろうとする文緒を片手で制して縁側に近づいてきた。

「瞑想を始めた辺りだ。作業場の方から歩いてきたんだが気づかなかったか」

「全然気がつきませんでした」

「それだけ集中してたんだろう。いい傾向だ。それにしても、途中まではいい調子だったのに急に気が乱れたな。何か嫌なことでも思い出したか？」

「そういうわけではないんですが……」

文緒は片手で腹を押さえる。腹部より少し上、みぞおちの辺りに何かわだかまるような感覚があった。首を傾げていると、宗隆が文緒の隣に腰を下ろした。肩が触れ合うほどの距離にどきりとしたものの、なるべく表情に出さないよう口元を引き締める。

「組紐のお守りは持ってるか？」

宗隆はまるでこちらを意識した様子もなく片手を差し出してくるので、文緒も平然とした表情を装い、スカートのポケットから自作のお守りを出してその手の上に載せた。珊瑚色と黄色の糸を編んで作った不格好なお守りからは、薄く金木犀の匂いがする。

「匂いが薄くなってきたら、もう一度香を焚くか」

「大丈夫です、まだ匂いはしますし、練習用にお香を使うのは勿体《もったい》ないです！」

「香ならストックが山ほどあるから気にするな。匂いがしなければ効果もないしな」

「効果って？　無病息災ですか？」

お守りによくプリントされている言葉を口にしたら笑われた。

「お前の魂光の色を見て、相性のよさそうな香を選んでおいた。身につけているとよい気を取り込みやすくなるはずだ。そういうときは、自ら探しに行かなくても向こうから求めるものがやってくる。今一番必要なものはなんだ？」

「お金です」

即答すると「違う」と苦笑された。

「身寄りがなくて困ってたんだろう。お前に必要なのは良縁だ。どんな細いつながりでもいいから、縁のある人間を呼んでくれる香を選んだつもりだ」

そう言って文緒の手にお守りを戻してくれた宗隆の声は優しかった。

なりゆきで面倒を見ることになった相手に対して、宗隆は思いがけず心を砕いてくれる。

身寄りのない文緒が心細い思いをしているだろうと心配してくれていたらしい。

手の中でお守りが優しく香って良心を刺す。今からでも伯母夫婦の存在を打ち明けるべきかと悩んでいたら、玄関でチャイムの音がした。

「あ、私ちょっと、見てきます」

文緒はさっと立ち上がって玄関へ向かう。本当のことを言うタイミングを奪われた形になったが、正直ほっとした。

(どうせ近いうちにこの家からも出ていくことになるんだから、もう少しだけ……)

再びチャイムが鳴って、文緒は慌てて廊下を走る。玄関の引き戸を開けると、もう一度チャイムを押そうとしていた中年の女性と目が合った。ラベンダー色のスーツを着て、肩まで届く髪に緩くパーマをかけている。

互いに見詰め合うことしばし。先に動いたのは女性の方だ。

「文緒⁉」

驚愕の表情で文緒の名前を呼んだのは、直前に文緒が思い浮かべていた人物。

伯母の春子《はるこ》その人だった。

「いやもうびっくりしたわ、まさか文緒がこんなところにいるなんて！　貴方携帯電話も持ってないし、アパートに電話も引いてないし、こちらからは全然連絡する手段もないからどうしてるか心配してたのよ。これまではずっと土日に連絡くれてたのに急にそれもなくなるし！　お父さんが『文緒も子供じゃないんだから自由にさせてあげなさい』なんて言うものだから我慢してたけど、やっぱりすぐに様子を見に行くべきだったわ、まさかアパートが火事になったなんて！　その上お店も閉店したんでしょう？　貴方どうしてすぐうちに帰ってこなかったの、本当にびっくりしたんだから！」

玄関を上がってからというもの、伯母はずっとこの調子で喋《しゃべ》っている。客間に通され、座卓の前に腰を下ろしてもなお止まらない。

宗隆は玄関先の騒ぎを聞きつけていったんは顔を出したものの、思わぬところで姪《めい》に出くわした伯母の興奮ぶりを見て「飲み物を持ってくる」と隣の部屋に引っ込んでしまった。おかげで今、客間には文緒と伯母の二人しかいない。

文緒は隣室にいる宗隆の耳を気にして小さな声で答える。

「ごめんなさい。でも伯母さんに心配かけたくなくて……」

「何変な気を遣ってるのよ、頼ってらっしゃい！」

「でも、今はここでお世話になってるから……」

あら、と伯母は口元に手を当てる。

「お世話になってるってまさか、この家で寝泊まりしてるの……？　さっき玄関先に出てきてくれた方は？」

「あの人は、師匠。私、あの人に弟子入りしたから……」

伯母は味のわからないものを口に含んだような顔でしばし考え込んだあと、文緒に顔を寄せて囁《ささや》いた。

「……まさか、彼氏？」

「ち、違うよ！　弟子と師匠！　そんなこと言ったら師匠に怒られるから！」

「だってかなり若い方だったけど、奥様とかいらっしゃらないの？　未婚？　それで貴方と二人でこの家に？　大丈夫なの？」

いったいなんの心配をしているのだと顔を赤くして、文緒は強引に話を変える。

「それより伯母さん、なんでここに来たの？」

「なんでってそりゃ、幻香師さんのお世話になりに来たのよ」

文緒は目を見開く。まさか伯母が幻香師を知っているとは思わなかった。

「幻香師って、一見のお客さんは相手にしないって師匠が言ってたけど……」

「そうよ。でもうちはお父さんが――貴方にとってはお祖父《じい》ちゃんがね、現役の頃に幻香師を頼ってたらしいの」

そのつてを頼ったのだと言われて納得した。文緒は祖父と直接顔を合わせたことがないが、どんな素性の人物かは知っている。幻香師の世話になっていてもおかしくない。

それにしても、全国に何十人もいるのだろう幻香師の中から敢《あ》えて宗隆を選ぶとは。

文緒はそっとスカートのポケットに触れる。中には金木犀の香りがするお守りが入っているが、これが伯母と自分の縁をつないでくれたのだろうか。

宗隆は飲み物を持ってくると言ったきり戻ってこない。居間の方からも物音がしないので、伯母に断って席を立った。

居間に入ると、台所に立つ宗隆の背中が見えた。ガス台の前で湯が沸くのを待っている。文緒に気づいて振り返るが、無表情なので何を思っているのかわからない。

おずおずと近づいた文緒に、棚から急須を出しながら宗隆は言った。

「身寄りがないんじゃなかったのか？」

抑揚の乏しい声は怒っているようにも聞こえて身が竦む。宗隆は何も言わない文緒を振り返ると、調理台に寄りかかって腕を組んだ。言葉はなくとも事情を話すよう促されているのは明白だ。

やかんの湯はまだしばらく沸きそうにない。文緒は俯いたまま、ぽつりぽつりと伯母の家を出ることになった事情を話した。

「私の母は、私が物心つく前に亡くなって、父も、私が小学生の頃に病気で亡くなりました。その後、伯母夫婦が私を引き取ってくれたんです」

伯母夫婦と、十歳近く年上の従兄弟《いとこ》は文緒を家族のように扱ってくれて、文緒は高校を卒業したあと、製菓学校にまで通わせてもらった。

伯父《おじ》が突然会社を辞めたのは、文緒が製菓学校を卒業する直前のことだ。大手文房具会社の営業部に所属していた伯父は六十を目前にして会社から早期退職を勧められ、退職後に蕎麦屋を開くことになった。

「文房具会社の営業から蕎麦屋とは、また思い切った方向転換だな」

「伯父の趣味は蕎麦打ちなんです。昔から週末にはいつも作ってくれて、たまにご近所さんにも配ると『プロ並みだね』ってみんな褒めてくれて」

伯父は小さな貸店舗を見つけ、ひとり着々と準備を進めた。まだ内定の決まっていなかった文緒にも「もしも就職先が見つからなかったらうちで働かないか」と言ってくれた。

人件費は馬鹿にならないというし、できることなら文緒も手伝いたかった。

でも、できなかった。伯父が始めた事業に関わってしまったら、きっと自分は店が繁盛するよう願ってしまう。願えば叶うが、長くは続かない。むしろ状況が悪化しそうで怖かった。

しかしそんなことを他人に言ってもまともに取り合ってもらえない。

きっと宗隆だって理解はしてくれないだろう。気のせいだ、偶然だと言われるのはわかり切っていて、文緒は仮初の理由を口にした。

「憧れのパティスリーに就職が決まっていたので、伯父の誘いを断ったんです。伯父たちにはお世話になったのに、開店準備で忙しいときに無理を言って家を出てしまって、心苦しく思ってました。そんな状況だったので、焼け出されたからといってまた伯父たちのご厄介になるのは……申し訳なくて」

喋っているうちに湯が沸いた。コンロの火を消した宗隆に、文緒は深く頭を下げる。

「身寄りがないなんて嘘をついてすみませんでした！　でも、今更帰れないのは本当です。これ以上伯母さんたちに迷惑をかけたくないんです」

「……あの人の様子を見る限り、迷惑がっているようには見えなかったが」

「そうです、もっと迷惑がってくれても構わないのに、伯母さんたちは優しすぎるんです。そういう人たちだから、なおさら負担になりたくありません」

それに、と呟いて文緒は宗隆の右手に目を向ける。

「師匠のその怪我は、私のせいです。せめてそれが治るまでは弟子でいさせてください、お願いします……！」

宗隆はやかんを持ち上げ無言で急須に湯を注ぐ。文緒が頭を下げたままじっとしていると、湯の落ちる音に交じって宗隆の溜息が聞こえた。

「俺の腕が治ったら改めて身の振り方を考えろ。ちゃんと帰る場所もあるんだ、無理に幻香師を目指す必要もない。それが約束できるなら、もうしばらくここにいてもいい」

文緒は勢いよく顔を上げる。宗隆と目が合って、自然と姿勢を正していた。

「とりあえず今日のところは俺の弟子でいい。そのつもりで依頼者にも接するように」

突き放されなかったことにほっとして息が震えた。それを無理やり呑み込み、「はい！」と答えて宗隆の手からやかんを奪う。手が震えそうになって何度も持ち手を握りしめた。

よかった、と胸の底から安堵《あんど》が湧いてくる。まだもう少しここにいられる。

緑茶を淹れて宗隆と客間に戻ると、伯母は待ってましたとばかり宗隆を質問攻めにした。なぜ文緒と一緒に暮らしているのか、二人はどうやって出会ったのか、文緒は本当に幻香師になれるのか、などだ。

文緒はなんとか伯母の猛攻を止めようとしたが、宗隆は伯母の向かいに腰を下ろすと落ち着き払った様子でそれぞれの質問に答えた。文緒が貧血を起こして車に轢《ひ》かれそうになったこと、それを庇って利き腕を負傷したことなどは事実と相違なかったが、文緒がこの家に転がり込んできた理由だけは少し違った。

「師弟関係を結んだのは、私が是非とお願いしてのことです。彼女には幻香師の才能があります。その才能を開花させるためにも住み込んでほしいと、私から文緒さんにお願いしました」

急に「文緒さん」などと呼ばれ、湯呑を持つ手が狂った。

（ふ……っ、文緒さん……！）

これまで一度として、名前はおろか苗字ですら呼ばれたことがなかったというのに。そうでなくとも下の名なんて、家族や親友などよほど親密な相手にしか呼ばれたことがない。宗隆がぐっと距離を詰めてきたような錯覚に襲われ、ぶわっと顔が赤くなった。

（伯母さんも私と同じ苗字だから、混乱を避けるために下の名前で呼んでるのはわかってるけど……！）

事実、伯母は宗隆が文緒を下の名で呼んだことなど気にも留めていない様子だ。それよりも、文緒の将来を憂えるような顔で頬に掌を押し当てている。

「ちなみに三ノ宮さんから見て、文緒はどうです。幻香師になれそうですか……？」

「本人の努力次第で十分可能と見ております」

どこまで本気で言ってくれているのだろう。横目でその表情を窺うが、宗隆は少しも視線を揺らすことなくまっすぐに伯母を見ている。心にもないことを言っているようには見えない。伯母もそんな宗隆の姿を見ていくらかほっとしたのか、少し冷めた緑茶に口をつけてゆるゆるとした溜息をついた。

「ごめんなさい、依頼もそっちのけでこんな話ばかりしてしまって。まさか幻香師さんのところに姪がいるとは思わなかったものだから……」

「構いませんよ。驚かれるのも当然です。それで、本日はどのようなご用件で？」

宗隆に問われ、伯母は姿勢を正すと膝の上に両手を重ねた。

「夫の未来を見ていただきたいんです。夫はつい最近お店を出したばかりなのですが、上手くいくかどうか心配で……」

「お蕎麦屋さんですか」

宗隆の言葉に、伯母は弾かれたように顔を上げ「どうしてわかるんです」と目を丸くした。宗隆を見る目には畏怖と尊敬すらこもっている。もうこれが導入になるのではないかと思ったが、宗隆は苦笑して「文緒さんから聞きました」とあっさり明かした。

「では、今回のご依頼は占いですね。承りました」

「はい、それで、あの……、依頼料は、どの程度になりますでしょうか」

いつもは声の大きい伯母だが、このときばかりは言葉が尻すぼみになった。

幻香師の主な客は政治家や芸能人、宇田川のような大手企業の会長などがほとんどらしい。依頼料もとんでもない金額なのだろう。

宗隆は何か考え込むように視線を落とし、ふいに文緒へ目を向けた。

「今回は文緒さんに作業を任せますので、特価でご対応いたします」

えっ、と文緒と伯母は声をそろえる。目を丸くする文緒たちに、宗隆はサポーターをつけた右手を上げてみせた。

「この通り、今は利き手が使えませんので」

「し、師匠、でも、私まだ何も……！」

文緒はうろたえて小声で訴えるが、宗隆はけろりとした顔だ。

「教えただろう、草木染め」

「でも、草木染めで占いなんて……」

宗隆は文緒の言葉を最後まで聞かず、伯母に顔を向けて説明を始めた。

「占いにはいろいろな種類があります。タロットや水晶。亀の甲羅を焼いて、ひびの形で占うもの。紅茶を飲んで、カップに残った染みを見て占うものもあります。今回は、染物で占ってみましょう。文緒さんは草木染めが得意ですし」

草木染めなら文緒もやり方を教わっているが、得意と思ったことはない。困惑する文緒と伯母を後目に、宗隆は「少々お待ちください」と言い置いて客間を出ていってしまう。間を置かず戻ってきた宗隆の手元を見て、伯母が声を弾ませた。

「あら、素敵な帯紐」

宗隆は頷いて座卓の上に帯紐を置いた。

幅一センチほどの帯紐は、座卓の端から端まで届くほど長い。色は緑だ。微妙なグラデーションがかかったそれを覗き込んで、文緒は思わず息を呑む。

緑は緑だが、少しずつ色味の異なる糸が複雑に編み合わされたそれはまるで、光の加減で色を変える魚の鱗《うろこ》のようだった。

一口に緑といってもこれほどの種類があるのかと目を瞠る。若葉のような萌黄色《もえぎいろ》、光沢を帯びた孔雀《くじやく》緑《りよく》、薄く青が透けて見えるような青磁色《せいじいろ》。無数の緑が複雑に絡まり合って、端から端まで視線で追うだけで溜息が洩れる。

「これは草木染めをした糸で編んだ帯紐です。糸はすべて同じ植物で染めました」

文緒と同じく帯紐に魅入っていた伯母が驚いた表情で顔を上げる。

「同じ植物なのに、ここまで違う色が出るんですか？」

「ええ。原料となる植物の量、部位、煮出す時間、媒染剤の種類や糸の種類を細かく調整すれば可能です。これは染だけで三年かかりました。同じ植物の葉でも季節によって抽出される色が違いますから。媒染も市販のものは使わず、自分で作っています。夏に摘んだ椿《つばき》の葉を灰にすると、アルミニウムを含んだ灰になるんです。それを水に溶かしてアルミの媒染液にしたり。糸も種類を変えています。自分で紡いだ糸もありますよ」

「気の遠くなる話だわ……」

呆然と呟く伯母に微笑《ほほえ》みかけ、宗隆は伯母の前に帯紐を押し出した。

「まずは貴方が店に対してどんなイメージを抱いているか強く想像してください。それを色で表現してほしいんです。この帯紐を眺めて、近い印象の色をよく覚えてください」

宗隆の言葉に耳を傾けながら、伯母は熱心に帯紐を見ている。すでに店に対して抱く色のイメージは決まっていて、それに近い色を探しているのかもしれない。

「自分の望む色を決め、それを目指して染めてみてください。その色から、ご主人のお店の未来を占いましょう」

言い終えると、宗隆は文緒に向き直る。

「そういうわけで、頼んだぞ」

宗隆は口元に笑みを浮かべているものの、琥珀色の瞳は真剣だ。冗談を言っているわけではなさそうだと悟り、文緒はひしゃげたような声で「はい」と応じた。

一通りの説明を終えると、宗隆は他に仕事があると言って自室に戻ってしまった。

突然のことに戸惑いつつも、文緒は宗隆の指示に従い、草木染めに使う草を取りに雑木林へ向かう。大きなざると鎌を手に林に入っていくと、あとから伯母もついてきた。

「染物に使うのって特別な植物なの？」

「ううん。ヨモギとかタンポポでも染められるよ。でも今回使うのはクズだって」

「クズって、葛湯《くずゆ》に使うあの？」

伯母の言葉に頷きつつ山道を外れ、生い茂る草の中に足を踏み入れる。伯母は仕立てのいいスーツを着ている上にヒールの靴を履いているのでその場に残し、ひとり下草をかき分け鎌でクズの蔓《つる》をざくざくと切った。一山も刈り取ると伯母のもとに戻り、山道を戻って作業場へ向かう。

作業テーブルにざるを置いたら、蔓に絡まるごみを取り除いたり、はさみで葉を小さく切ったりする作業に移った。

二人ではさみを動かしながら、文緒は伯母に尋ねる。

「お店はどう？　オープンから一ヶ月経ったけど……」

伯母ははさみの先でぱちりと蔓を切り落とし、そうねぇ、と溜息交じりに答えた。

「最初は結構お客さんも来てくれたんだけどね。ここのところ少しずつ人が減ってきて、今週なんかお昼なのにガラガラよ。自分の打ったお蕎麦が美味しくなかったからじゃないかって、お父さんすっかり落ち込んじゃって……」

「オープンしたばかりのお店は目新しいから人が入るのは当然だよ。そのあと客足が遠のくのも、仕方ないと思う」

「そうよね。そうだろうとは思うんだけど……」

わかっていても不安なのだろう。伯父はずっと大手企業で勤めてきて、毎月安定した収入があった。それが急に自営業になって収入が不安定になるのだ。退職金は店の初期投資に消えてしまったようだし、先を思えば不安になるのも仕方ない。だからこそ、祖父のつてを頼ってまで幻香師に依頼をしに来たのだろう。

「……ごめんね、師匠じゃなくて私が担当することになって」

期待外れだったのではないかと俯けば、伯母は明るい笑みを浮かべて「貴方も立派な幻香師見習いなんでしょう?」と言った。

「住み込みで修業までしてるんだから、もっと自信を持ちなさい」

たわんでいた背中を肘で突かれてとっさに姿勢を正す。力強い言葉がなんだか懐かしい。自信を失っている場合ではなかったと、気持ちを切り替えて作業に集中する。

あらかた葉を切り終えると、ボンベ式のコンロを持ち出して鍋で湯を沸かした。その間に木綿《もめん》の糸を用意し、染液の中でもつれないよう輪にして糸の端と端を結び合わせる。その様子を眺めていた伯母が、「慣れたものねぇ」と感心したように言った。

「でもこうやってると、幻香師というより染色家みたいね。貴方のお師匠様も、織物の先生みたいで」

「うん、私も最初は幻香師って何をしてるんだかよくわからなかった」

苦笑を浮かべながらそう返すと、思いがけず真剣な声で伯母に名を呼ばれた。

「ねえ文緒、貴方本当に幻香師になるの？」

驚いて手を止めた文緒に「反対してるわけじゃないのよ」と伯母は言い添える。

「でも貴方、いつもちょっと唐突に自分のことを決めるじゃない？　なりゆき任せっていうか。製菓学校に入るときだって担任の先生が勧めてくれた学校しか見学に行かなかったし」

文緒は輪にした糸に指を滑らせ、うん、と力なく頷く。

なりゆき任せという伯母の言葉は正しい。文緒が自分から「こうしたい」と強く主張することは滅多にない。自ら何かを願うことを極力避けてきた自覚はある。

結果として、文緒は目の前に現れた選択肢に必死で飛びつくことでしか前に進めない。

傍から見れば随分と無計画に見えるだろう。

「憧れていたパティスリーに就職できたときは喜んでたじゃない。お店が閉まっちゃったのは残念だけど、他のお菓子屋さんに就職することだってできるのよ？」

すぐには返事ができずに黙り込んでいると、伯母の声が柔らかくなった。

「お菓子よりも夢中になれるものができたのなら、それでいいの。ただ、他に行く当てがなくてここにいるのなら、いつでも戻ってきていいのよ。それだけ覚えておいてね」

伯母の言葉は温かく、不覚にも鼻の奥がつんとした。

伯母は優しい。父が亡くなるまで文緒とは一度も顔を合わせたことがなかったのに、病室で文緒と一緒に父を看取《みと》ってくれて、文緒のことも我が子のように育ててくれた。ありがたいと思う。伯母も伯父も従兄弟も、皆大切な人たちだ。

でも、だからこそ、側にいることはできないとも思う。

無言で頷くことしかできなかった文緒の背中を、伯母が笑いながら力一杯叩く。おかげで目の端に溜まっていた涙も散ってくれた。

次の工程に進むべくコンロに火をつけながら、文緒は改めて考える。

菓子を作るのは好きだ。せっかく製菓学校を卒業させてもらったのだから、その知識や技術を何かに生かしたい気持ちもある。

一方で、幻香師という職業に魅力を感じ始めているのも事実だった。

決定打になったのは宗隆が淹れてくれたお茶だ。星空を飲み干したようなあの感動はまだ強く胸に残っている。その後、驚くほど体が軽くなったのも忘れ難い。

もしも自分も幻香師になったら、あの感動を自分の作った菓子で再現できるかもしれない。それはとても素敵なことだ。想像するだけで胸が騒いだ。

でも文緒は、すぐにその気持ちを胸の底へとしまい込む。

期待するのは危険だ。期待は願いを呼び込んで、強く願えばなんでも叶ってしまう。そうしないために、文緒は普段から未来のことをなるべく想像しないようにしているし、提示された選択肢に目をつぶって飛びつくようにしてここまで来た。

(でも、師匠は私のこの妙な体質に気がついているみたいだし、気をコントロールする修業を続けていたら、もしかしたら……)

何かを望めば必ず叶い、けれどまた以前の状態に戻ってしまう。まるで賽《さい》の河原で石を積むような日々から解放されるだろうか。

宗隆の弟子でいられるのは一時《いっとき》のことと覚悟していたが、この先も修業を続けられるなら、いずれ幻香師になるという道もありえるのか。

(それでももし、師匠とも師弟の関係でなくなったら……)

そのときは、宗隆への恋心を隠す必要もなくなるだろうか。

期待してはいけない。でも、期待してしまう。

溢《あふ》れそうになる想いに蓋をできないなんて、こんな状況は初めてだと文緒は小さな溜息をついた。

草木染めは、実際に作業をするより色が定着するのを待つ時間の方が長い。

火にかけた染液で糸を二十分煮込み、媒染液に浸してまた二十分待つ。最後に水洗いして日陰干しという工程の間、伯母は焦《じ》れたように何度も溜息をついた。

待つだけなのは性に合わないのか、伯母は媒染液に糸を浸しながら新しい染液を作り、次の媒染液を作ったと思ったら文緒を連れ雑木林に戻りと慌ただしい。

そんな調子で十五本もの糸を染め上げた伯母は、まだ完全に乾いていないそれらをテーブルに並べて眉を顰めた。

「……全部違うわね」

伯母の染めた糸の色はグレーや黄土色、黄色が多い。素朴な色合いは草木染めの特徴でもあるのだが、伯母のイメージとは違ったようだ。

「……思うような色が出ないってことは、店は上手くいかないのかしら」

口元に指を添え、伯母はらしくなく気弱な声を出す。文緒は励まそうと口を開きかけたが、伯母のきっぱりとした声に遮られた。

「また来るわ」

思いがけない言葉に目を見開く。

「今日染めた糸は？　どれも師匠に見せないの？」

「当たり前じゃない、全部想像と違うんだもの。明後日《あさって》なら時間を空けられるからまた来るわ。文緒、悪いけどそれまでに雑木林で葉っぱを採っておいてくれる?」

「い、いいけど……もう帰るの? 最後に染めた糸、まだ乾き切ってないけど」

「乾かなくても大体わかるわよ。それはきっとこんな感じの色になるわね」

伯母は迷いもせずテーブルの端に置かれた黄色っぽい糸を指さす。伯母のイメージではもう少し緑が出た方がいいようだ。

「それじゃあ、今日のところは帰るから。あら三ノ宮さん、わざわざお見送りありがとうございます。いえ大丈夫です、タクシーは下で拾いますから。また明後日お伺いしますね。いえ、文緒に応対してもらうのでお気になさらず。それでは、文緒をよろしくお願いします。何かありましたらすぐご連絡ください。どうもごめんくださいませ」

作業場から玄関に向かう途中、足音に気づいて顔を出した宗隆に流れるような口調で別れを告げ、伯母は慌ただしく家を出ていってしまった。

「思うように染まらなかったか?」

伯母が帰り、途端に静かになった玄関先でぽつりと宗隆が言う。

「そうみたいです。すみません、お騒がせして」

「いや、構わない。それより染めた糸はまだ作業場にあるな?」

踵を返して作業場に向かった宗隆は、テーブルに並べられた糸をしげしげと眺めた。

「全部伯母のイメージとは違うみたいなので、それで占うのは待ってくださいね」

念のためそう声をかけると、宗隆はわかっていると言いたげに苦笑した。それから伯母の染めた糸をひとつひとつ摘まみ上げ、明かりにかざして色を確かめる。

「イメージと違うか……。こんなに綺麗なのにな」

そう言って、宗隆は少し残念そうに目を眇めた。


伯母が帰ったあと、宗隆と夕食をともにした文緒は、足音を忍ばせて玄関へ向かった。宗隆は夕食を終えるなり作業場に入ってしまった。玄関から作業場は離れているが、極力音を立てぬよう外に出る。片手に大きなざる、もう一方の手に鎌を持って。

月明かりを頼りに雑木林に足を踏み入れる。昼間でも薄暗い林の中は、夜になると一層暗い。闇に目を凝らし、一歩、二歩と慎重に茂みの中に入っていく。

（確か、この辺り……）

しゃがみ込んで手を伸ばすと、指先に厚手の葉が触れた。蔓性の植物はおそらくクズだ。すぐ見つけられたことにほっとして、革のケースから手探りで鎌を取り出す。そのとき、後ろからぱっと強い光が差した。

「何してるんだ、こんな時間に」

背後から響いてきた声に驚いて振り返れば、懐中電灯を持った宗隆が山道からこちらを照らしていた。文緒が鎌を持っていることに気づいたのか、草をかき分け大股でこちらまでやってくる。

「明かりもつけずに刃物なんて使うつもりだったのか。懐中電灯ぐらい持っていけ」

「す、すみません、電池が勿体なくて……」

宗隆は呆れ顔で文緒に懐中電灯を押しつけると、その足元に視線を落とす。

「クズの葉を採るつもりだったのか？　だったら明日の朝にすればよかっただろう」

「あの、昼間師匠が、同じ植物でも季節によって染の色が変わると言っていたので、もしかしたら草の乾燥度合いによって色が変わってくるんじゃないかと思ったんです。だから今夜のうちに採っておいて、少し乾燥させてみようかと……」

宗隆はちらりと文緒を見ると、その手から鎌を奪ってクズの葉を刈り始めた。

「し、師匠、右手を使ったら駄目ですよ！」

「使ってない」と返した宗隆は左手で鎌を持ち、クズの根元は足で押さえている。

宗隆の邪魔にならないようこっそり草を刈るつもりが、結局手を貸してもらうことになってしまった。恐縮しきってその手元を照らしていると、ふいに宗隆が口を開いた。

「目のつけどころはいいが、危ないことはするな。指を切り落としたら病院送りだぞ」

「そうか、そうなったら乾電池なんて目じゃないくらいの治療費がかかりますね」

軽率でした、と真顔で謝る文緒を横目で見て、宗隆は思わずと言ったふうに笑った。

「いったいどんな人生を歩んだらそんなに逞しくなるんだか……」

「それほど特殊な人生だったわけでもないのですが。あ、でも、柊木さんには『俺と同じ匂いがする』って言われました」

宗隆の鎌の軌跡が一瞬ぶれた。けれど文緒はそれに気づかない。

「師匠の家にはお抱えシェフがいるって柊木さん言ってましたけど、本当ですか？」

「……本当だ」

「や、やっぱり本当でしたか。今更ですが、それでよく私の作る節約ご飯なんて食べてくれましたね。多分、原価なんて師匠のお家のご飯の十分の一くらいですよ」

なんだか申し訳ない気分になって俯けば、宗隆がクズの蔓を力強く引いた。

「関係ない。お前の飯は、美味い」

こちらの顔を見ることもせずきっぱりと言い切られ、文緒は目を瞠る。

柊木の話を聞いてから、本当はずっと心配だった。自分の家庭料理──しかも相当原価を抑えたそれを、宗隆は無理をして食べているのではないかと。

急にレシピを増やしたり食材を変えたりすることはできないが、少しでも宗隆の口に合うように、栄養がつくようにと心を砕いてきた努力が報われた気がして頰が緩む。

「お家にシェフがいるような人にそう言ってもらえるなんて……光栄、です」

嬉しくて、少しだけ声が震えてしまった。それをごまかそうと、文緒はとっさに声を大きくした。

「そうだ！　本当に生活が苦しくなったらご実家に援助を仰いでみてはどうでしょう」

三ノ宮グループともなれば援助も惜しまないだろうと思ったが、宗隆は厳しい顔で「それはしない」と言い切った。

「家を出てから実家とは連絡を取ってない。両親の反対を押し切って幻香師になったんだから、当然と言えば当然だな」

「反対されたんですか」

「それはそうだ。幻香師なんてなんだかわからん職業。やってることは占いやお祓《はら》いに近いからな。三ノ宮グループは幻香師のおかげで何度か倒産を免れているものの、胡散くさいことに変わりはない」

宗隆はクズの葉を刈り取ってかごに載せると「こんなものでいいか」と文緒に尋ねる。気がつけば、かごの上には溢れんばかりの葉が盛られていた。

文緒は両手でかごを抱え、宗隆に足元を照らしてもらって山道を戻る。途中、隣を歩く宗隆に尋ねた。

「傾いた会社を立て直すほどのことをしても、胡散くさいって言われちゃうんですか」

「そうだ。業績が悪化しているときは本気で幻香師に泣きついてくるが、安定すれば忘れられる。喉元過ぎれば『幻香師が出てきたタイミングと会社が盛り返すタイミングがたまたま重なっただけだったんじゃないか』なんて言われて終わりだ」

「……報われないですね」

思わず呟くと、宗隆が微かに笑った。

「報われないさ。魂光も気の流れも一般人には見えない。だから仕事の成果をはっきり示すこともできない。それでも助けを求められれば応えるのが仕事だ」

文緒の歩調に合わせてゆっくりと山道を登りながら宗隆は尋ねる。

「それでも幻香師を目指すか？　最近は客もいろいろだぞ。クレーマーもいる」

「一見のお客さんはお断りしているのに、クレーマーなんているんですか？」

「幻香師の世話になったことのある政治家や経営者の子供に多いな。昔は金回りもよかったが、今はそうでもない家がほとんどだ。そういうのはすぐわかる。依頼内容を話すより先に、『状況が好転しなければ返金してください』なんて約束を取りつけられる」

そういう輩《やから》は端から幻香師の力を信じていない。品物を渡しても、数日後には「何も起こらなかった」と連絡が来て返金を求められる。あるいは支払いを拒否される。今月も、同じ理由で二件も入金がなかったらしい。

「依頼内容は、『宝くじが当たるように』だの『金持ちになりたい』だの、そんなのばかりだ。その手の依頼をしてくる相手は大概気が滞ってる。本人が現状に不満を抱いていて、何をやっても上手くいかない。香を使って気の巡りをよくしてやるのは簡単だが、それで本当に宝くじが当たるわけじゃない。同じ仕事をしていても普段より効率がいいとか、難しい二択を迫られたとき直感で正しい選択肢を選べるとか、そういうことができるようになるだけだ。なんとなく上手くいく。とんとん拍子に事が進む。そういう状態で本人が努力できれば、宝くじを当てるくらいの稼ぎが出るかもしれないのに」

宗隆は夜空に息を吐いて、伝わらないな、と呟く。

歯痒《はがゆ》そうな横顔を見上げ、文緒はそろりと口を開いた。

「クレームが入ったとき、渡した品物はどうなるんです？　返ってくるんですか？」

レースを重ねたような組紐の香炉や、綾錦《あやにしき》のような帯紐は作るのにも当然時間がかかるだろう。せめて手元に返ってくればと思ったが、宗隆は疲れた顔で首を横に振った。

「品物は返ってこないことがほとんどだが、後日ネットオークションで見かけることはある。作った俺も驚くような金額がついてるぞ。品名は『幸せを呼ぶ魔法のお守り』だったかな。幻香師の名前は世に浸透していないし、魔法の方が通りはいいんだろう」

雑木林を抜け、ようやく家が見えてくる。門の向こうから玄関の光が薄く漏れていて、宗隆は懐中電灯の明かりを切った。

「依頼人のために何ヶ月もかけて作ったものが、あっさり他人の手に渡っていくのを見ると、自分はいったい何をしているんだろうと思うこともある」

懐中電灯の光が消えて、足元が急に覚束《おぼつか》なくなる。月明かりにぼんやりと照らされた宗隆の横顔は疲れ切っていて、それを見たらどうしてか、なんの形も作られぬまま作業場に置き去りにされていた粘土が頭を過った。

宗隆の顔を見上げたまま文緒は足を止める。宗隆はそれに気づかず、数歩先に進んでからようやく文緒を振り返った。

文緒はクズの葉を載せたかごを抱え直し、まっすぐに宗隆を見据えて言った。

「師匠、前に言ってましたよね。他人の魂光をまとわせたものを手元に置いておくと、磁石のN極とS極が反発し合うみたいに作用して悪い気を撥ね返せるって。お守りみたいな効果があるって」

「……言ったな」

「だったらインターネットで転売された品物も、次の持ち主のもとでお守りの役目をまっとうしてるかもしれません。どんな経緯であれ、他人の魂光をまとわせたものが手元にあるんですから悪い気を撥ね返してくれるはずです。師匠の作ったものや、それに込めた魂光は、きちんと誰かを幸せにしてますよ、きっと」

風が吹いて、宗隆の前髪を横に吹きさらう。宗隆は目を眇めて微かな溜息をついた。

「多少の効果はあるだろう。でも、所詮は『気のせい』『偶然』で片づけられる程度の効果だ。あれは依頼人が幻香師の言葉を信じて初めて意味を持つ。何事も偶然ではなく必然で、動き出すなら今だと本人が納得してようやく周囲の気も回り始めるんだ。信じなければただの工芸品と変わらない」

「信じますよ」

失望を滲《にじ》ませた宗隆の言葉を、文緒は一言で遮る。迷いのない声に驚いたのか再びこちらを見た宗隆の視線を捕まえ、文緒はもう一度「信じます」と言った。

「だって師匠の作るものは、魔法がかかったみたいに綺麗です。手に入れた人は絶対、魔法のお守りって言葉を信じますよ」

幼い頃、文緒も魔法にかかったから知っている。

ベッドの上で弱々しい呼吸を繰り返す父を見ていられず、病室を飛び出して泣いていた文緒に、宗隆は赤い組紐で作ったお守りをくれた。先日文緒が作ったのと同じ根付タイプで、てっぺんに赤い球形の飾りがついたお守りだ。

赤一色のお守りは火の色に似て、宗隆の『大丈夫』という言葉とともに掌で受け止めた瞬間、真っ暗な道に仄《ほの》かな明かりがついたような気分になった。

あのときの感覚を思い出しながら文緒は続ける。

「師匠の作るものには心がこもってます。見て、触れればわかります。これを持っていたら何かいいことが起こるんじゃないかって思えるんです。魔法にかかったみたいに」

他にすがれるものもなく、宗隆の作ったお守りを握りしめて眠った夜を思い出したら胸が苦しくなった。それでもあの夜を越えられたから自分は今ここにいるのだ。逃げ出さずにいられたのは宗隆のお守りのおかげだと文緒は信じている。

恩人である宗隆には、失望したような顔をしてほしくない。

「師匠の魔法は本物です。依頼人が魔法を信じるように、私たちも自分の作ったものに魔法が宿ると信じましょう」

文緒は大股で宗隆に歩み寄ると「自信持ってください！」と宗隆の背を叩いた。昼間、伯母にそうしてもらったように。

呆然と文緒を見下ろしていた宗隆はその一撃で我に返ったような顔をして、次いで目元にくしゃりと笑い皺を寄せた。

「俺は魔法使いじゃなくて幻香師だぞ」

「どっちも同じようなものです。不思議で素敵じゃないですか」

大雑把な文緒の言葉に、宗隆は今度こそ声を立てて笑う。

「そうだな。依頼人が信じてくれるなら、どちらでもいいな」

そうですよ、と文緒は力強く頷く。幻香師だろうと魔法使いだろうと関係ない。

ぶっきらぼうな口調に反して、宗隆は他人に静かに寄り添ってくれる。そのことがどれほど誰かを慰めているか、宗隆自身は自覚していないのだろう。

（あの日、私が泣きやむまで師匠が辛抱強く隣にいてくれなかったら、きっとお父さんの病室に戻ることもできなかっただろうな……）

感謝してもしきれない。文緒にとって宗隆は、特別で大切な存在だ。

とはいえ、さすがに魔法使いなんて言い草は子供っぽかっただろうか。遅れて気恥ずかしさを覚えていたら、玄関前に立った宗隆がようやく笑いを収めた。

「俺も、信じてみよう」

引き戸を開け、先に文緒を中に入れるべく宗隆が振り返る。その顔に、直前まで浮かんでいた失望の表情は見受けられない。

口元に笑みの名残《なごり》を浮かべる宗隆の顔は確かに前向きに変化していて、文緒も満面の笑みで頷き返した。


本人の宣言通り、最初の来訪から一日置いて伯母は再びやってきた。

今日の伯母はスーツではなく、動きやすい黒のスラックスにブラウス、普段使いのジャケットを着ている。足元は運動靴だ。自分も雑木林に入る気満々らしい。

さらに伯母は大きなボストンバッグを抱え、出迎えた文緒にそれを手渡してきた。

「何、これ？」

「何って貴方が家に置いていった洋服。アパートが燃えて身の回りのものはほとんど持ち出せなかったんでしょ？　とりあえず家に残ってた服は全部持ってきたから」

「服!?　嬉しい、伯母さんありがとう！」

もうすぐこの家に来てから二週間が経つが、未だに文緒の服は替えがなかった。白いブラウスとキャラメル色のスカートを毎日洗って着ていたものの、そろそろどうにかしなければと思っていたので跳び上がるほどありがたい。

「他にも何か必要なものがあったら言いなさい。お父さんだってびっくりしてたんだから。遠慮しないで戻ってくるようくれぐれも文緒に伝えておくようにってうるさくて」

「うん、ありがとう……」

文緒はボストンバッグを抱きしめ、はにかんだ顔で笑う。自分のわがままで家を出たというのに、離れてもこうして心配してくれる人がいるのが嬉しかった。

「無理にお店を手伝おうなんて思う必要もないんだからね。貴方は貴方のやりたいことをしなさい。お兄ちゃんを見習いなさいよ。就職したきり全然帰らないし、ゴールデンウィークはひとりで海外旅行に行ったんですって！　一言誘ってくれればいいのに！」

伯母の話に相槌を打っていたら奥から宗隆も出てきた。たちまち伯母は表情を改め、「本日もよろしくお願いいたします」と宗隆に頭を下げる。

「糸を染める作業からですね。今日も文緒さんに任せますので、イメージに近い色ができたら見せてください」

宗隆の言葉に、伯母は真剣な顔で「はい」と頷いた。

伯母と作業場に入ると、文緒は先に刈り入れておいたクズの葉をテーブルに置いた。

「この葉っぱは少し乾燥させてあるから、この前とは色の出方が違うかも」

「ありがとう。それじゃ早速始めましょう」

伯母はジャケットを脱いで作業に取りかかる。前回の作業で大体の要領は覚えたらしく、はさみで葉を細かく切ったりカセットコンロに鍋をかけたりと手際がいい。

黙々と葉を切る伯母を手伝いながら文緒は口を開いた。

「今日は伯父さんどうしてるの？　お店は開けてるんだよね？　ひとりで大丈夫？」

「大丈夫よ、全然お客さんが来ないんだもの。がらがらのお店で夫婦そろってぼーっとしてるくらいなら、お店の行く末を占ってもらう方がずっと有意義だわ」

言い切って、伯母は細かく切った葉を鍋に放り込む。

文緒は客のいない店に立つ伯父の姿を想像して、なんだか胸が苦しくなった。蕎麦屋を始めるときはあんなに嬉しそうだったのに。どうにか店が上手くいってほしい、と思い、無意識にはさみを握りしめていた自分に気づいて慌てて指先から力を抜いた。

強く想いすぎるのは危険だ。なるべく伯父の落胆した顔を想像しないよう努める。

こんなとき、無理やりでも伯母の家を出たのは正解だったと再確認する。間近で閑古鳥の鳴く店を見てしまったら、どうか店が流行《はや》りますようにと願わずにはいられなかっただろう。薄情なようだが、少し離れた場所からひっそりと見守るくらいが文緒にはちょうどいい。

お喋りをしながら鍋の中をクズの葉でいっぱいにして、濾《こ》した染液に糸を放り込む。弱火で糸を煮る間に媒染液を数種類用意して、伯母はまたすぐ新しい葉を刻み始めた。

「もう次の染料を用意するの？　まずは糸の色を確認した方が……」

「時間が勿体ないじゃない。今日は絶対イメージ通りの色に染めたいの。このままお店を続けていいのか、見込みがないなら早めに畳むべきか、早く決めないと」

「畳むって、開店してまだ一ヶ月しか経ってないのに」

さすがに決断が早すぎると思ったが、伯母は「何事も見切りをつけるのは大事よ」と思い詰めた顔で言って文緒を見ようとしない。鬼気迫る様子ではさみを動かす伯母にかける言葉も見つからず、文緒も言葉少なに作業を続けた。

染料から引き上げた糸を媒染液に投げ込みさらに待ち、やっと染まった糸を取り出した伯母は、まだ糸を乾かしてもいないうちから溜息をついた。

「違うわね……こういう色じゃないのよ」

「乾けばまた色が変わるよ」

「乾く前にわかるわよ。もっと薄い黄緑色にしたいの」

媒染液から取り出されたばかりの糸は三本。鉄、アルミ、銅と三種類の媒染を使ったが、どれも緑というよりグレーや茶色に近い。

「いいわ、次々行きましょう」

文緒が部屋の翳った場所に糸を干すのには目もくれず、伯母は再び鍋の前に立った。そんなことを数度繰り返して文緒が用意した葉を使い尽くすと、伯母は迷わず雑木林に向かった。足元に茂るクズを鎌で刈り、足早に作業場に戻ってはさみで葉を切る。

「伯母さん、まずは葉に絡まっているゴミや泥を落とさないと……」

「ああ、そうね。でも少しくらい大丈夫よ」

おざなりに泥を払い、鍋に投げ込んで火にかける。あとはその繰り返しだ。けれど葉の量を増やしても、煮出す時間を変えても、媒染液の濃度を調整してみても、伯母の思う色には近づかない。二十本近い糸を染め終える頃には、もう日が翳り始めていた。

手持ちの葉を使い終え、伯母は慌ただしく席を立つ。

「文緒、もう一度雑木林に行きましょう。もう一度くらいできるわよ」

「お店は大丈夫なの？　もう午後の営業はとっくに始まってるんじゃ……」

「大丈夫よ。お客さんなんてほとんど来ないもの。それより早く結果を知りたいの。あの店が上手くいくのか、いかないのか」

「でも伯母さん――」

文緒も一緒に席を立ちかけたとき、鼻先を甘酸っぱい匂いが過った。振り返ると、作業場の入り口に宗隆が立っている。掌の上に載せているのは陶器でできた香炉だ。蓋に開いた小さな穴からは、ゆるゆると煙が立ち上っていた。

「作業は順調ですか?」

室内に入ってきた宗隆は、作業場の隅に香炉を置いて伯母を振り返る。その動きに合わせ、宗隆の方からすっきりと甘い柑橘系《かんきつけい》の匂いが漂ってきた。青々としたレモンよりは、甘さを含んだオレンジに近い。さわやかなそれに気づいたのか、伯母は思わずといったふうに深呼吸をした。

「……いえ、なかなか思うような色が出なくて」

そう言って椅子に座り直した伯母だったが、宗隆が作業場の隅に干された糸に近づいていくのを見ると慌てたように腰を浮かせた。

「あの、それはイメージとは違っていて、その色ではないんです」

「そうですか。では、どんな色をイメージしていらっしゃいますか?」

宗隆が方向転換して伯母のもとへやってくる。テーブルを挟んで伯母の前に立つと、宗隆はこれまでとは一転して「言葉で表現してみてください」と言った。

「それは……私がイメージしているのは、明るい黄緑色です。でも、黄色が強く出すぎない淡い色で……。近づけようとしても黄土色になってしまいます。もっと緑を出したいのに。でも、葉を煮出しすぎるとグレーに近くなってしまって」

「明るい黄緑。春先の若葉のような色でしょうか」

「ああ、そう、そうですね、そんなイメージです」

小刻みに何度も頷く伯母を見て、宗隆は微かに目を細めた。

「前回染めた糸はいかがでしたか。あの中にイメージしたような色は？」

「いえ、残念ながら……」

宗隆は何か考え込むように口を閉ざすと、ゆっくりと伯母の座るテーブルから離れた。

その姿を見た伯母は血相を変え、立ち上がって宗隆を呼び止める。

「あの、思ったような色を出すのに時間がかかるのは、何か悪い前触れでしょうか？　もう、私たちの店は駄目なんでしょうか」

「伯母さん、落ち着いて……」

「だって文緒、全然色が出ないのよ、思った通りの色がちっとも……！」

伯母が取り乱したような声を出しても宗隆は立ち止まらず、部屋の壁際に並ぶ棚の前に立った。引き出しを開けて、中から取り出したのは糸の束だ。輪の形にまとめてあるそれは、うっすらと緑に色づいている。

宗隆は糸の束を手に文緒たちのもとに戻ると、テーブルの上にそれらを並べ始めた。

「これはすべて、前回貴方が染めた糸です」

それまで何事か一生懸命喋っていた伯母の唇が止まった。文緒も目を丸くして宗隆に尋ねる。

「……こんな色でしたっけ？　なんだかもっとくすんだような、色がはっきりしない感じだったと思うんですが」

「そうね……。そうよ、こんなタンポポみたいな色、見てないわ」

伯母の言葉を受け、宗隆は唇の端に笑みを浮かべる。

「染色は化学変化です。空気に触れて色が変化します。染液は時間をかけて糸に馴染んで、ゆっくりと定着するんです」

喋る間も、宗隆はテーブルに糸の束を置く手を止めない。

染めた直後はくすんだ灰色が多いと思っていたが、こうしてみると同じ灰色でも微妙に異なる。緑を含んでいたり、黄色を含んでいたりと表情が違った。同じ曇り空でも季節ごとに色が違うように、雲の向こうの日差しが透けて見えそうな薄い灰色もあれば、今にも雨が降り出しそうなしっとりと暗い灰色もある。

糸を眺めているうちに、作業場に漂う柑橘の香りが濃くなってきた。それに伴い、意識が冴え冴えとしていくような気がするのはなぜだろう。それぞれの糸の色の違いが鮮明に見えてくる。伯母も同じことを思っているのか、糸を見詰める横顔が真剣だ。

「貴方がイメージしていたのは、こんな色だったのでは？」

最後に宗隆がテーブルに置いたのは、淡い淡い黄緑色の糸だ。春の日差しがさっと翳って、新緑に柔らかな影を落としたような。

伯母は震える手を伸ばし、指先で糸に触れ何度も頷いた。

「そう……そうです、私がイメージしていたのは、この色です」

「若芽色ですね。いい色だと思いますよ」

「ほ、本当ですか！　それじゃあ、主人の店は……！」

「ですが、その色になるまでには時間がかかる」

上擦った伯母の言葉を押しとどめ、宗隆はゆっくりとした口調で言った。

「染めた直後は失敗したと思ったんでしょう。この色は、そういうときも経てようやく辿《たど》り着く色です。貴方に必要なのは、待つ時間ですよ」

伯母は目を瞠り、思い当たる節があったのか苦々し気な顔で俯いてしまった。

「でも、待つ時間が苦しくて……」

「そうですね。失敗したと思ったら引き返したくもなるでしょう。それでも、今回は長い目で見て結果を待った方がいいと思います。詳しく糸の色を見てみましょうか」

項垂《うなだ》れる伯母を椅子に座らせ、宗隆が文緒に耳打ちする。

「少し席を外してくれるか。ここからは依頼人の個人的な話になってしまうから」

「わ、わかりました」

頷いて、文緒は足早に作業場を出る。外に出る前に振り返ると、伯母の向かいに宗隆が腰を下ろしたところだった。

伯母の染めた糸から、どんな未来が見えるのかはわからない。でも、伯母の不安が少しでも軽くなってくれればいい。

室内に柔らかな柑橘の香りが漂う。それを吸い込んで、文緒はそっと作業場の引き戸を閉めた。


宗隆と伯母が作業場から出てきたのは、それから一時間ほど経ってからだった。

飲み物を準備しながらそわそわと二人を待っていた文緒は、現れた伯母の顔を見て目を丸くする。長い夢から醒《さ》めたような、ぼうっとした表情をしていたからだ。

客間に通された伯母は座卓の前に腰を下ろすと、上気した頬に手を当てた。

「びっくりよ。幻香師さんを疑ってたつもりはないんだけど、それでも驚いたわ。だって私の子供時代のこととか全部言い当てちゃうんだもの。一瞬文緒から事前に何か聞いていたのかと思ったけど、誰にも言ったことのない秘密まで知ってるのよ」

文緒の淹れた紅茶を一口飲んで、伯母は深々と溜息をつく。驚いて隣に座る宗隆に視線を送ったが、本人は澄ました顔でこちらを見もしない。

「それからね、この前染めた糸で組紐のお守りを編んでいただいたの。お喋りしながらささっと編んじゃうからびっくりしたわ！　器用なのね、見て」

ほら、と伯母が差し出したのは若芽色の根付だ。糸を染めたとき少しむらになってしまったのがいいアクセントになって、本物の若葉のように柔らかな濃淡がついている。以前文緒が宗隆に教わったのと同じ、輪の上に玉結びがついた形だが、完成度はまるで違う。均一な力で編まれたのだろうそれは歪みもねじれもまるでなかった。

「凄い……ですけど、師匠、手は大丈夫なんですか……?」

「問題ない。ほとんど左手しか使ってないしな」

「これを、左手一本で……」

改めて、とんでもない人に弟子入りしてしまったものだと青くなる。

伯母は満足そうにお守りを眺めると、紅茶を一息で飲み干して席を立った。

「それでは、そろそろお暇《いとま》しますね。すっかり暗くなっちゃったし」

文緒たちを従え玄関先へ向かう間も、ずっと伯母はお喋りをしていた。「文緒も何か困ったことがあったらすぐ連絡するのよ」とか「支払いはすぐ振り込みますね」とか、忙《せわ》しないのは相変わらずだが口調は弾むように軽やかで、少しは不安が拭えたらしい。

靴を履くと、伯母は宗隆と文緒を振り返り深々と頭を下げた。

「今回は本当にありがとうございました。少し腰を落ち着けて、主人と店を続けていこうと思います。いただいたお守りもありますし、上手くいくと信じます」

「是非そうしてください。貴方なら、きっと大丈夫ですよ」

大丈夫、という言葉が優しく耳を打つ。傍らで聞いているだけで励まされるようだ。子供の頃もこの一言に随分勇気づけられたな、と懐かしく思い出していたら、伯母が何かに気づいたような顔をした。上《あ》がり框《かまち》に立つ宗隆を見上げ、あら？　と首を傾げる。

「……三ノ宮さん、もしかして、以前どこかでお会いしたことがありません？」

「どこかと言いますと？」

「ずっと前に、病院で」

文緒はぎくりと肩を強張らせる。

まさか伯母まで宗隆のことを覚えているとは思わなかった。宗隆が当時のことを忘れているならこのまま思い出してほしくはないのに。慌てて二人の間に割って入る。

「お、伯母さん！　もうそろそろ行った方がいいんじゃ⁉」

「あら、そうね。お父さんひとりじゃ心配だもの。それじゃ、今日は本当にありがとうございました」

去っていく伯母を見送って胸を撫で下ろした文緒だったが、隣に立つ宗隆がじっとこちらを見下ろしていることに気づいて冷や汗をかいた。

「まだ何か隠してないか？」

「た、大したことでは……」

「隠し事をしているのは否定しないわけだな？」

宗隆の見透かすような目つきにうろたえ、文緒は慌ただしく踵を返した。

「あの、とりあえずお仕事お疲れ様でした！　師匠にもお茶を淹れますね！」

居間に向かって歩き出せば宗隆もついてきて「緑茶がいい」と言う。このまま話題を逸らすべく、廊下を歩きながら文緒は尋ねた。

「そういえば、伯母さんの過去を言い当てたっていうのは本当ですか？」

「それほど子細に当てたわけじゃないが、魂光を見れば人生の起伏が大体見えるからな。年輪みたいなものだ」

「日当たりがいいと幅が広くなるような？　でも、それだと過去のことはわかっても未来のことはわからないですよね。どうやって占うんです？」

「未来については予測だ。占いは先のことを正確に当てるのが目的じゃないからな」

文緒は宗隆を振り返る。言葉にしなくとも、ならばなぜ占いなどするのだという疑問が顔に出てしまったのだろう。ダイニングテーブルに腰を下ろした宗隆は、文緒に問われるのを待たず続けた。

「占いは目的地をしっかり自覚するために必要なんだ。現状本人が抱えている問題の着地点といってもいい。問題をしっかり見据えて、どこに到着したいのか、どんなゴールを望んでいるのかを本人が自覚するのが目的だ。大抵の依頼者はそれができていないから迷うし、悩む。目的地を決めて進むのとそうでないのとでは到着点も異なるしな」

行き先が決まっていれば途中で軌道修正もできる。たとえ不時着しても、そこはゴールではなく経過地点だからと先へも進めるだろう。けれど目的地がはっきりしていないと、ちょっと寄り道をした場所をゴールと勘違いする。悪い場所に行き着いても、この先はないと錯覚して動けなくなるのだと宗隆は説明した。

頷きつつ茶を淹れていると、背後で宗隆が微かに笑う気配がした。

「占いなんて所詮こんなもんだ。正確に未来を見ることなんてできない。がっかりしたか？　幻香師を胡散くさく感じ始めたんじゃないか？」

文緒は目を瞬かせ、振り返って「いいえ」と首を振った。

「占いの結果って、お守りみたいなものなんですね。悪いことが起こると言われたら用心するし、いいことが起こると言われたら勇気づけられる。それだけでもう、半分以上役割は果たしてると思います」

文緒は急須に視線を戻すと、湯呑に丁寧に茶を注ぐ。

「それに、師匠は占いだけじゃなくてお守りも渡すじゃないですか。あれ、師匠の魂光がこもってるんですよね？　だったらきっと、伯母さんに寄ってくる悪い気を弾き飛ばしてくれます。ちゃんと効果ありますよ。伯母さんも信じたと思います。だってあんなに綺麗なお守りですから。本物の若葉みたいな。あれを見ているだけで、何か新しいことが始まりそうな気がします」

ふと顔を上げると、宗隆がまだこちらを見ていた。その表情はまるで、コップの中で弾けるサイダーの音や、遠くで鳴るオルゴールの音に一心に耳を澄ます子供のようだ。

文緒はむしろ、自分の言葉にこうも真剣に耳を傾ける宗隆に驚く。思ったことを口にしただけで、特別なことなど何ひとつ言っていないはずなのだが。

思えばこれまでにも宗隆は「幻香師なんて胡散くさい」と自ら口にしてきた。それはかつて宗隆が他人からぶつけられた言葉かもしれず、幻香師という耳慣れない存在を受け入れてもらうことは、文緒が思う以上に困難なことなのかもしれない。

文緒の言葉を反芻《はんすう》するように黙り込んでいる宗隆に、そっと尋ねる。

「あのお守りには、お香も焚きしめてあるんですよね？」

宗隆はひとつ瞬きをすると、ああ、と掠れた声で返事をした。

「甘夏の匂いだ。あの人は少しばかり気の流れが速かったから、少し落ち着かせるような匂いを選んだ。集中力や直感も高まるはずだ」

「だったらますます安心です。伯母さん少し、せっかちすぎるので」

早まったことを考えたときは、宗隆のお守りとさわやかな甘夏の香が伯母を止めてくれるだろう。作業場で感じたあの匂いは、自然と深呼吸したくなる清々《すがすが》しさだった。

「ともあれ、お疲れ様でした。伯母を助けてくれて、ありがとうございます」

「何か結果が出るのはこれからだぞ」

面映ゆそうな顔で言って、宗隆はほんの少しだけ口元を緩めた。

「……でも、信じてもらえたのならよかった」

宗隆の声には、心なし安堵したような響きがあった。

文緒が二人分の湯呑を持ってテーブルに着くと、宗隆は無言で右手をテーブルに置いた。掌を上に向けて柔らかく拳を作り、同じ速度で指を開く。ゆるゆると花が咲くようなその動きを見詰めていたら、ふいに宗隆が顔を上げた。

「治った」

一連の指の動きを見ることに夢中になっていた文緒はその言葉を聞き逃しかけ、一拍置いてからぎょっとして顔を上げる。

「治ったって、手のことですか？　でも、まだ事故から二週間しか経ってませんよ？」

「お前の飯を食ってるんだから治りが早くても不思議じゃない」

「わっ、私のご飯にそこまでの効果を期待されても困るのですが!?」

そこまで言ってもらえれば冥利《みょうり》に尽きるというものだが、ただの節約料理を過信されても困ってしまう。手放しでは喜べず、無理をしているのではと案じたが、宗隆は本当に痛くも痒くもない顔で手を握ったり開いたりして、最後に強く拳を握りしめた。

顔を上げた宗隆は、きっぱりとした口調で言う。

「宇田川さんの香炉を作ろう」

以前、作業場で粘土の塊を眺めて溜息をついていたのが嘘のように、その目には少しの迷いも漂っていなかった。

＊＊＊

事故から三週間経つのを待たず三度目の診察に向かった宗隆は、本当にサポーターを外して帰ってきた。本人曰く完治したそうだ。医者も驚いていたようだが、文緒も同じくらい驚いた。リハビリの必要もなく、通院はこれで終わりらしい。

サポーターが取れると、宗隆は早速宇田川の香炉を作り始めた。朝から晩まで作業場に詰め、時には庭の隅にある窯にこもることもあった。連日深夜まで作業をしているようだが、表情がはつらつとしているところを見ると順調に進んでいるらしい。

宗隆が香炉を作り始めてから二日ほど経った日、伯母から荷物が届いた。同梱されていた手紙には、『お店は相変わらず暇だけど、お父さんと二人でどうにかやってます』とある。文末には笑顔のマークが書き添えられていて、すぐに事態は好転しなくとも、伯母が前向きに頑張っているのがわかって嬉しかった。

荷物にはこまごまとした日用品の他に蕎麦粉が入っていた。伯父が入れてくれたらしい。そのうち蕎麦を食べに帰っておいでというメモが添えられていて胸が温かくなる。

さすがの文緒も蕎麦を打つことはできないが、蕎麦粉で菓子を作ることはできる。せっかくだからと台所で菓子を作っていると、玄関でチャイムが鳴った。

ちょうどオーブントースターから菓子を取り出していた文緒は作業を止めて玄関へ向かう。引き戸を開けた向こうにいたのは、薄灰色の着物を着て杖をついた宇田川だ。

「こんにちは」と柔和に挨拶をしてくる宇田川に、文緒も慌てて頭を下げた。

「こ、こんにちは。あの、今日はもしかして、ご訪問のお約束でもありましたか？」

慌てふためく文緒に、「特に約束はないのですが」と宇田川は穏やかに笑った。

「三ノ宮さんのお怪我の具合はいかがかと思いまして。腕を骨折されたとお聞きしたのに無理やり依頼をしてしまって、少し気がかりだったものですから」

「あ、それなら大丈夫です。もう治りましたから」

宇田川は目を丸くして「治った？」とオウム返しにした。

「先日お伺いしたときは三角巾で腕を吊るされていたのに？」

「私もびっくりしましたが、完治したみたいです。もうギプスも外れて、今も作業場で宇田川さんの香炉を作ってますよ」

宇田川は何度も目を瞬かせ、そうですか、と溜息交じりに言った。

「驚きましたが、それならよかった。もしも完治に時間がかかるようなら、いったん依頼はキャンセルさせていただこうかとも思っていたのですが」

「そ、その点はご心配なく！」

文緒は慌てて宇田川を家の中に招き入れる。貴重な依頼を逃しては大変だ。

「上がってください、師匠も呼んできますから。進捗を教えてもらいましょう!」

「いえいえ、お仕事中ならわざわざ呼んでいただかなくとも結構ですよ。私もなんのお約束もなく来たのですから。年寄りは暇を持て余してしまっていけませんね」

「だったらお茶だけでも飲んでいかれませんか? せっかくいらっしゃったんですし」

宇田川は逡巡《しゅんじゅん》する様子を見せたものの、文緒の勢いに押されたのか「では、少しだけ」と断って下駄を脱いだ。

杖をついて歩く宇田川と歩調を合わせて居間へ戻ると、宇田川が軽く鼻を鳴らした。

「おや、甘い匂いが……」

「そうなんです、ちょうどクッキーを焼いてたんですよ。よかったら宇田川さんも」

「いえいえ、残念ですが私は小麦粉アレルギーでして」

椅子に腰かけながら申し訳なさそうに断る宇田川に、文緒はにっこりと笑った。

「大丈夫です。これはグルテンフリーのクッキーなので」

「ほう、小麦粉を使っていない?」

文緒はざるに上げて冷ましておいたクッキーを皿に盛りつけ、紅茶とともにテーブルへ運ぶ。きつね色に焼き上がったクッキーは、見た目だけでは小麦粉を使っているものと変わらない。少し不安そうな顔をする宇田川の向かいに腰かけ、文緒は笑顔で告げた。

「材料に蕎麦粉を使ってるんです。私の伯父がお蕎麦屋さんをやっていて、お店から送ってくれました。原材料は百パーセント蕎麦粉なのでご心配なく」

「蕎麦粉ですか。見た目ではわかりませんね」

「私も蕎麦粉でクッキーを作るのは初めてです。だから、あの、今更ですけど、味の保証はできません。まだ味見もしてないので……」

声を小さくした文緒を見て、宇田川はフクロウが鳴くように喉の奥で笑った。

「では、私が味見係を務めましょう。出来立てのクッキーなんて初めてですよ」

いただきます、と品よく告げて、宇田川はクッキーを口に運んだ。

四角いクッキーに歯を立てると、さくりと小さな音がした。おからのように硬くならなかったことにまずはほっとする。

宇田川は残りのクッキーも口に入れると、じっくりと咀嚼して目元を和らげた。

「これは素晴らしい」

「お、お口に合いましたか？」

「ええ、小麦粉を使わなくともこんなに美味しいクッキーができるんですね。これはいい。昔食べたクッキーにそっくりだ」

よかった、と文緒は顔をほころばせたが、聞き捨てならないセリフに真顔に戻る。

「昔食べたクッキーって、昔は小麦粉アレルギーじゃなかったんですか？」

「いいえ、物心ついた頃から小麦粉は口にできませんでした。でも一度だけ、人からもらったクッキーを食べてしまったことがあるんです」

「それは、大丈夫だったんですか……？」

宇田川は「大変でしたよ」と言うものの、その顔は楽しそうだ。

「呼吸困難に陥りました。その後も高熱が続いてしばらく寝込みましたね。でも、あのクッキーは美味しかった」

遠い昔、たった一度口にしただけのクッキーを思い出しているのだろう。文緒の作ったクッキーをしばらく眺めてから、宇田川はもう一枚クッキーを取った。

「貴方のクッキーは、あの味に似ている。あのクッキーは蕎麦粉なんて使っていなかったはずなのに、不思議ですね。とても美味しい」

手放しに褒められると照れくさい。礼を述べ、そういえば、と話題を変える。

「本当に師匠は呼んでこなくてもいいんですか？　直接でなくとも、言伝《ことづて》があれば承ります。いつ頃までには受け取りたい、なんてご要望もあれば……」

「特にありませんよ。まあ、私も老い先短いので、生きているうちにもう一度彼と会えれば、とは思っていますが」

「ご友人とは仲がよかったんですか？」

訊いてしまってから、当たり前か、と思った。だがすぐに、仲がよければ疎遠になることもないな、と思い直す。いやそれ以前に、宇田川は友人から何かを盗んだと言っていなかったか。むしろ仲は悪かったのかもしれない。

（そもそもこんな個人的な話を、弟子の私が気楽に尋ねてはいけなかったんじゃ……）

瞬く間に顔を強張らせた文緒を見て、宇田川が思わずといったふうに噴き出した。

「貴方は素直な人ですね。思っていることが顔に出やすいようだ」

「すみません、私、立ち入ったことをお尋ねして……」

「いえいえ、亡くなった友人に会わせてほしいなんて無茶なお願いをしているのはこちらなんです。ご質問があればなんでもお答えしますよ」

宇田川は一口紅茶をすすると、頓着なく文緒の質問に答えた。

「友人は中学時代の同級生でした。明るくて、背も高くてね。暇さえあれば本ばかり読んでいた私とはまるで真逆でしたが、不思議と馬が合いました。放課後は彼に腕を引かれ、一緒に野山を駆け回っていましたよ」

友人の名は安彦《やすひこ》といい、体が大きく、腕っぷしも強くて、上級生に絡まれても撃退してしまうほどの男だったらしい。だからといって自分から喧嘩《けんか》を仕掛けることはなく、弱い者いじめは絶対に許さない正義漢だったそうだ。

「とにかく気風《きっぷ》のいい男でした。それにどこか大人びた面もあった。彼の親父《おやじ》さんが相場師で、いろいろと大人の世界を知っていたせいかもしれません」

誇らしげに友人のことを語った宇田川は、そこで少し話の矛先を変える。

「私の生家の近くには大きな洋館がありましてね、長く空き家だったのですが、そこに東京からとあるご一家が移り住んできたんです。私が中学三年生のときだったでしょうか。仕立てのいいスーツを着たご主人と、髪を短く切ったハイカラな奥さん、それから私たちと同年代のお嬢さんの三人家族でした」

その一家は、病を患った一人娘のために空気のいい田舎《いなか》へ越してきたらしい。

「お嬢さんは田舎には珍しい、透き通るように肌の白い娘さんでした。近所の坊主たちは一目お嬢さんを見ようと洋館の周りをうろうろしてましたよ。私と安彦も例外ではなく、日が暮れるまで洋館の窓を遠くから眺めていましたね。お嬢さんが通りかかりやしないかと期待して」

当時を思い出したのか、宇田川はおかしそうに目を細める。

「深窓の令嬢ってやつですね」

「ええ。お嬢さんは体が弱くて滅多に外に出ず、直接口を利く機会もなかったのですが、運のいいことに私の父は町長のようなことをやっておりまして、東京から来たばかりで田舎に慣れないご夫妻に、お節介にも声をかけたんですよ。何かお困りのことがあったら遠慮なく言ってくださいと。そのお礼のつもりか、私たち家族が洋館に招待されることになったんです」

「それは宇田川さん、大きくリードですね！」

「ところが私は引っ込み思案で、いざお嬢さんに会えると思うと怖気づいてしまって。それで、安彦に相談しました。そうしたら安彦が『俺も行く!』と言い張って」

「ついてきちゃったんですか?」

「ええ、さすがに家の中までは入ってきませんでしたが、洋館の外からずっと中の様子を窺っていました。私もつい気になってちらちらと窓の外ばかり見ていたら、ご主人が野犬でもいるのかと勘違いして猟銃を持ち出そうとしたので、慌てて安彦を庭に招き入れたんです。窓の向こうにいるお嬢さん一家や両親に向かって、『僕の友達です』と紹介するときは膝が震えましたね。さてどんなに怒られるだろうと」

顔面蒼白《そうはく》で友人に頭を下げさせる宇田川と、そっぽを向く安彦の姿が目に浮かぶようだ。

文緒が遠慮なく声を立てて笑うと、宇田川も一緒になって笑った。

「それがきっかけで、私と安彦はお嬢さんとお喋りをする仲になったんです。学校帰りに安彦と洋館に行くと、お嬢さんがテラスの長椅子に腰かけて私たちを待っていてくれたものですよ。三人で日が傾くまで他愛もないお喋りに興じたものです」

宇田川は一口紅茶を飲んで、懐かしそうに目を細めた。文緒も夕暮れのテラスの様子を想像して口元をほころばせる。

「宇田川さんは、お嬢さんのことが好きだったんですか?」

尋ねれば、驚いたように目を見開かれた。いつも泰然としていた宇田川の表情が揺れ、照れくさそうに目を伏せられる。

「そうですね。思えばあれが初恋でした。お嬢さんは優しくて、聡明で、私だけでなく近所の連中は軒並み心奪われていたと思います。安彦も例外ではありませんでした」

「何か進展とか、あったんですか？」

中学生たちの甘酸っぱい恋物語が気になって身を乗り出す。宇田川は苦笑しながらクッキーに手を伸ばした。

「私たちの田舎では、毎年夏休みの終わりにお祭りがあったんです。神社の境内にやぐらを組んで、縁日が並ぶだけの小ぢんまりとしたものですが、私と安彦はお嬢さんをその祭りに誘いました」

宇田川は気を持たせるようにそこで言葉を切ってクッキーを口に含む。

「ですが、お嬢さんはあまり体が丈夫でない。普段から外出も控えていたくらいで、人の多い夏祭りに連れていくなんてご主人や奥様がいい顔をするとは思えませんでした。ですから祭りの当日に、こっそりお嬢さんを連れ出すことになったんです」

「お嬢さんのご家族には内緒で？」

「ええ。お嬢さん本人にも当日までは黙っていようということになりました。お嬢さんは素直な方だったので、親に隠し事などできないだろうと思いまして」

「危険な匂いがしてきましたね」

指を組み、わくわくと話の続きを待っていると、ふいに宇田川の表情が曇った。

「ところが祭り当日、私が体調を崩してしまいまして。結局安彦ひとりがお嬢さんを祭りに誘いに行くことになりました」

思わぬ展開に、文緒の顔から笑みが引く。話を聞いていた文緒ですらがっかりしたのだ、当時の宇田川もさぞ落胆したことだろう。

「安彦も律儀な男だったので、お嬢さんを祭りに誘いに行く前に私の家まで見舞いに来てくれました」

枕元に座り、『お前、本当に行けないのか』と念を押す安彦に、宇田川は力なく頷き返すことしかできなかった。熱で意識は朦朧《もうろう》として、すぐ側にいる安彦の顔すら水に滲んだようにぼやけて見える。そんな状態でも、二人が祭りに行く姿を想像すると火に巻かれるような嫉妬を覚えたという。

「いよいよ安彦が部屋を出ようと立ち上がったとき、彼のポケットからハンカチが落ちたんです。以前私が彼にプレゼントしたものでした」

「ハンカチをプレゼントしたんですか？　宇田川さんが？」

中学生の男子が友人に贈るにしては珍しい代物だ。不思議に思う文緒に、宇田川は微かに笑って説明する。

「私たちの中学校では身だしなみ検査がありまして、制服を正しく着ているか、ハンカチを持ち歩いているか抜き打ちで検査されたんです。安彦はハンカチを持ち歩く習慣がなく、よく検査で引っかかっていました。だから見かねて手持ちのハンカチをあげたんですよ。机にこのハンカチをいつも入れておいて、検査のときに出すようにしろ、と」

青いチェックのハンカチを、安彦は「悪いな」と言って素直に受け取った。

夏祭りの日、安彦はそのハンカチを持って宇田川の家を訪れた。そして去り際にポケットからそれを落としたのだ。

「私はとっさに、布団から手を出して彼のハンカチを摑みました」

宇田川の声が低くなる。束の間、居間に沈黙が落ちた。張り詰めた空気に文緒も口を閉ざす。ややあってから、宇田川は溜息とともに再び口を開いた。

「そのまま布団の中に手を戻して、私は彼のハンカチを盗みました」

懺悔《ざんげ》するように呟いた宇田川に、文緒は目を瞬かせた。すぐには言葉も出ない。正直に言うと、肩透かしを食らった気分だった。

友人から盗みを働いたと告白した宇田川がひどく思い詰めた顔をしていたので、これは何か高価なものか、あるいは金銭そのものを盗んだのではと想像していたのだが、まさかハンカチ一枚とは。

盗みは盗みだ。いいことではない。しかし何十年も罪の呵責《かしやく》に苦しめられ、亡くなった本人に会ってまで謝りたいと思うほどのことだろうか。

文緒の戸惑い顔に気づいたのか、宇田川は「その程度のことで、と思いますか?」と苦笑を漏らした。迷ったものの、文緒は素直に頷く。

「何かもっと、凄いものを盗んだのかと思ってました。相手がよっぽど大事にしていたものとか……」

「たかがハンカチ一枚ですが、彼にとっては大事なものでしたよ。あのハンカチを持っていることは、彼にとって験担《げんかつ》ぎのようなものでしたから」

きっかけは、身だしなみ検査のあと、安彦がハンカチをポケットに入れたまま野球の試合に挑んだことだったそうだ。そこで安彦は逆転満塁ホームランを打った。試合後、ハンカチで汗を拭っていたら「お前にしちゃ珍しいものを持ち歩いてたから運が寄ってきたんじゃないか」と友人に言われ、以来安彦は負けられない試合の日は必ず宇田川からもらったハンカチを持つようになったという。

「気の持ちよう、と言ってしまえばそれまでですが、安彦にとっては本当に効果があったようです。だから安彦は、ここぞというときはあのハンカチを持ち歩いていました。時には三日連続で同じハンカチを持っていることもありましたよ。たまには洗えと忠告したら、問題ないと鼻で笑われました。大事な試験の前にハンカチを忘れたときは試験前からまるで落ち着きがなくなって、結果は散々だったそうです」

お嬢さんを夏祭りに誘う夜も、安彦はあのハンカチを持っていた。

勝負の前、安彦がハンカチを握りしめてから動き出すことを宇田川は知っていた。お嬢さんに声をかける前もきっとハンカチを出すだろう。もしハンカチをなくしていることに気づいたら、取り乱して声をかけられなくなってしまうかもしれない。

「……かもしれない、ではなく、きっと声なんてかけられなくなるだろうと、私にはわかっていたんです。腕っぷしは強くても、女の子の前では上手くお喋りできなくなる男でしたから。お嬢さんと私と三人でいるときも、私が中座しようとすると慌ててついてきたくらいです。二人きりではどうしたらいいかわからない、と」

宇田川が溜息をついて、カップに残っていた紅茶の面にさざ波が立つ。

「わかっていて、私は彼からハンカチを盗みました。安彦がお嬢さんと親しくなってしまうのが嫌で、先を越されたくなくて」

ひどいことをしました、と宇田川は打ち沈んだ表情で呟く。

その顔を見て、文緒はようやく宇田川の依頼がどれほど切実なのか理解できた気がした。たかがハンカチ、なんて思ってしまったが、宇田川にとっては決して忘れられない罪の記憶だ。結果として友人の恋路を邪魔することになってしまったのだから。

しかし文緒は宇田川の行動を非難できない。もしも自分が同じような状況に置かれたら――例えば自分の友人が宗隆に心を寄せているのを知ってしまったら、素直に友人を応援できるだろうか。

答えを出せず視線を泳がせていると、室内に小さな電子音が鳴り響いた。宇田川は俯けていた顔を上げると、着物の袂からスマートフォンを取り出す。

「……外に車を停めている運転手からですね。戻りが遅くなったので心配させてしまったようです」

「あ、すみません、お引き留めしてしまって……」

宇田川は首を横に振り、目元に優しい笑い皺を寄せた。

「美味しいお茶をご馳走《ちそう》してもらってありがとうございます。年寄りの長話につき合わせてしまって申し訳ありません」

「いえ、そんな……！　むしろ宇田川さんがどれだけご友人に会いたいと思っているのかわかって、よかったです。師匠にも伝えておきます」

文緒はあたふたと立ち上がると、椅子から立とうとする宇田川に手を貸した。体を寄せれば、宇田川からは今日も甘い檜の匂いがする。着物に何か焚きしめているのかもしれない。

玄関まで来ると、草履に足を入れる宇田川の背に文緒は声をかけた。

「あの、なるべく早めに品物をお渡しできるよう、師匠にも言っておきますね」

宇田川はゆっくり振り返り、いえ、と首を横に振った。

「急がなくとも結構です。お師匠様には、どうぞごゆっくり制作に取りかかってくれるようお伝えください」

でも、と言い募ろうとする文緒を、宇田川は笑顔でやんわりと押し止める。

「本当のことを言うと、まだ迷っているんです。安彦に会いたいような、会いたくないような、会ってもきちんと謝れるかわからなくて、怖いような気もします」

そう言われると文緒も何も言い返せない。むしろ出すぎた真似《まね》をしてしまったかと口を閉ざせば、ふいに宇田川が悪戯っぽい笑みを目元に浮かべた。

「それに、貴方のお菓子は美味しかった。またお伺いする口実が欲しいんです」

しゅんとした表情から一転、文緒の顔に笑みが広がる。自分の作った菓子を少しでも気に入ってもらえたのなら、こんなに嬉しいことはない。

「ぜひいらしてください！　お菓子を作ってお待ちしてます！」

「ええ、楽しみにしていますよ。それでは、私はこれで」

優雅に腰を折って宇田川が外へ出ていく。

玄関先には、宇田川の残り香のような薄い檜の香りがしばらく残った。

五月も終わりが近づいて、日差しが初夏のそれに近づいてきた。

朝食後、洗濯物を干した文緒は庭先の菜園に水を撒く。ピーマンと枝豆の苗は順調に育ち、プチトマトも花が落ちて少しずつ実が膨らんでいるところだ。近所のホームセンターで、枯れかけて半値で売られていたとは思えないくらい生長著しい。

しゃがみ込んで濡れた葉を指で撫でていると、縁側から声がかかった。

「それはトマトか？」

振り返ると、宗隆が縁側の柱に寄りかかってこちらを見ていた。眉間に皺が寄っていて、ばれたか、と文緒は肩を竦める。

「トマトは体にいいんですよ。これがひとつあるだけで食卓の彩りもよくなるんです。好き嫌いしないで食べてください」

「食べない。トマトだけは煮ても焼いても食べられないんだ」

「でも師匠、この前チーズオムレツに納豆を混ぜたの、食べられたじゃないですか」

「あれは卑怯《ひきょう》だぞ。納豆の匂いがしなかったし、ねばねばもしなかった」

「煮たり焼いたりすれば食べられたってことですよね。だったらトマトだって……」

「食べない」

反論しようと立ち上がった文緒だが、宗隆はさっさと次の話題に移ってしまう。

「今日、宇田川さんが来るぞ」

なぜ、と首を傾げた文緒に、宗隆はトマトを食べないと言ったときと同じくらいきっぱりとした口調で言った。

「ついさっき、宇田川さんの香炉が完成したからだ」

宇田川がやってきたのは、正午を少し回る頃だった。前回宇田川に蕎麦粉のクッキーをふるまってから、まだ五日しか経っていない。

これまでになく張り詰めた面持ちで玄関をくぐった宇田川を居間に通し、テーブルに着くなり宗隆は早々と口を開いた。

「こちらがご依頼の品になります。香炉と、亡くなったご友人を呼ぶ香です」

台所で湯呑に緑茶を注いでいた文緒は肩越しに宇田川の反応を窺う。宗隆はいったいどんな香炉を渡したのだろう。逸《はや》る気持ちを抑え、湯呑を盆に載せテーブルに近づいた。

宇田川は椅子に腰かけ、凝然とテーブルの中央を見ていた。視線の先には、文緒の掌にすっぽりと収まるサイズの香炉が置かれている。

「……わぁ」

盆を手にしたまま、文緒は思わず声を上げた。

テーブルの上にあったのは、正方形に近い香炉だ。底に小さな足がついており、濃紺の地肌に星を砕いたような玉虫色の輝きが散っている。いったい何がちりばめられているのだろう。思わず顔を近づけようとしたら、無言を貫いていた宇田川が口を開いた。

「螺鈿《らでん》の香炉ですね」

螺鈿というと、原料は貝の内側の真珠層だ。言われてみれば、香炉の表面で七色に光る乳白色は、真珠独特の色合いと似ている。

宇田川はしげしげと香炉を見詰め、着物の袖の中で腕を組んだ。

「漆《うるし》に螺鈿を張りつけたものならよく見ますが、この香炉は陶器……ですか？」

「ええ。素焼きにした器に色をつけ、その上から艶出し用のニスを塗って螺鈿を張りつけました。螺鈿の凹凸がわからなくなるまでニスを上塗りしてあります」

宇田川が香炉に手を伸ばし、その表面を指先で撫でる。傍らで眺めている文緒にも、指先がつるりとした感触を捉えたのがわかった。

よく見ると香炉は濃紺一色ではなく、場所によっては瑠璃色《るりいろ》にグラデーションがかかっている。そこに細かく砕かれた螺鈿が無数に散らばり、眺めていると満天の星空を覗き込んでいる気分になった。

あの香炉を両手で持ったらどんな心地がするだろう。小さな星空を手の中にすっぽりと包み込んでいるような気分になるだろうか。想像しただけで胸がドキドキした。

美しい香炉に頬を紅潮させる文緒とは反対に、宇田川は重苦しい顔で黙り込んで動かない。そんな宇田川の前に、宗隆は紙の小箱を押し出した。

「香炉にこの香を入れて焚けば、亡くなったご友人と会うことができるはずです」

香炉を凝視していた宇田川は我に返ったような顔で宗隆へ視線を戻す。

「いったい、どうやって……？」

文緒も同じ疑問を抱いたが、宗隆は眉ひとつ動かさず「わかりません」と応じた。

「幻香師にできることは、場を整えることだけです。貴方のために調合した香と、この香炉が、亡くなったご友人を貴方のもとまで導いてくれるでしょう。ですが、それを見出せるかどうかは貴方次第です」

宗隆は正面から宇田川の目を見詰め、きっぱりとした口調で言った。

「貴方が本当にご友人と会うことを望むのなら、会えるはずです」

視線に怯んだように宇田川が目を伏せた。杖を握りしめて沈黙する宇田川に、宗隆は続けて言う。

「請求書もお渡ししますが、もしこの品物に納得がいかれなければ、お支払いいただかなくても結構です」

えっ、と文緒は声を上げかける。効果があろうとなかろうと、物を作るには手間も材料費も光熱費もかかるはずだ。本気かと愕然としていると、文緒の表情に気づいた宇田川が口元に苦笑を浮かべた。

「すぐにお支払いしますよ。どうぞご心配なく」

それから香炉に視線を戻し、溜息交じりに呟く。

「あとは私の気持ち次第ということですね……」

そう言って香炉と香を受け取った宇田川は、礼こそ述べたもののなぜか浮かない顔で宗隆の家を辞していった。

宗隆とともに玄関先まで宇田川を見送った文緒は、宇田川を乗せた車のエンジン音が遠ざかるのを聞きながら宗隆を見上げる。

「……宇田川さん、信じてくれたでしょうか」

宗隆は一仕事終えたように首を鳴らすと、「どうかな」と呟いた。

「い、いいんですか、そんな不確かなことで……。死んだ人が現れるって信じていないと見えないんですよね。何かフォローとかしておいた方がよかったんじゃ……」

「信じてもらえなかったなら、あの香炉に依頼人を信じさせるだけの力がなかったということだ。俺の力量不足だな。文句を言われたら返金するさ」

あっさりと言って宗隆は踵を返してしまう。でも、と食い下がれば、振り返った宗隆に片方の眉を上げられた。

「依頼人が魔法を信じるように、私たちも自分の作ったものに魔法が宿ると信じましょう、なんて言ったのはそっちだろう？」

「そ、それは、そうなんですけど……！」

文緒の心配をよそに、宗隆は機嫌よく笑う。

「今回は納得いくまでこだわって作ったんだ。評価は相手が下してくれる。万が一ネットオークションに出されても悔いはない。評価証明書がなくても気の巡りがよくなるくらいのものは作ったつもりだ」

以前、自分の作ったものがネットに出品されていると暗い顔で語っていたのが嘘のように宗隆は晴れ晴れと笑っている。それだけ仕上がりに自信があるらしい。文緒だってガラスの器に星空を閉じ込めたような香炉には心を奪われた。けれど、宇田川はどうだろう。香炉は小さく、持ち重りするようなものではないはずなのに、なんだかひどく重たいものを受け取ってしまったような宇田川の顔が、しばらく文緒の頭から離れなかった。

宇田川に香炉を渡した翌々日、文緒は朝から香の調合方法について宗隆から講義を受けていた。香にもいろいろと種類があることはぼんやり理解していたが、それぞれ、甘味、辛味、苦味、酸味の他、重さや軽さなどで分類されているとは知らなかった。調合するときは、それらの特徴を考慮しなければいけないらしい。

いっぺんに大量の知識を詰め込んでくらくらしつつも宗隆と昼食を終え、後片づけをしていると茶封筒を手にした宗隆が台所までやってきた。

「ちょっとポストに手紙を入れてくる。買い物があるならついでに行ってくるぞ」

「買い物なら夕方に行くから大丈夫ですよ、師匠に任せるとスーパーじゃなくて近くのコンビニに行っちゃいそうですし。手紙も私が出してきます」

宗隆は「信用がないな」とぼやきながら封筒を手渡してきた。宛名に書かれていたのは宇田川の名だ。アフターフォロー的な手紙かと思いきや、中身は領収書だという。

「もうお金が支払われたんですか？」

「ああ。品物を渡した当日に銀行から振り込んでくれた。効果があろうとなかろうと、最初から代金は支払う気でいたんだろう。じゃあ、よろしく頼む」

言い残して宗隆は作業場へ戻っていく。午後からは作業場で仕事があるらしい。

宗隆の後ろ姿を見送って、文緒は手の中の封筒に目を落とした。

香炉を渡してから二日。宇田川はもう、亡き友人と再会することができただろうか。

（……それとも、まだ香を焚いてすらいないかな）

文緒が蕎麦粉のクッキーをふるまったとき、宇田川は友人に会いたいか心を決めかねている様子だった。宗隆が香炉を完成させたのは、それからほんの数日後のことだ。

香炉を受け取ったときの宇田川の表情は暗かった。誰かが背中を押さない限り、宇田川は香に火をつけることができないかもしれない。

そんな思いに駆られて封筒の宛名に視線を注ぐ。住所は都内だ。

文緒は何度か住所を目で追うと手早く後片づけを終え、新たに調理器具を取り出した。

午後の日差しが傾く頃、文緒は見慣れぬ駅の改札を出た。

宗隆の家の最寄《もよ》り駅から、上りの電車に揺られること一時間。途中で一度電車を乗り換え、山の手と呼ばれる界隈は、駅で降りる人の服装もどこか垢抜《あかぬ》けて見え、少々気後れしながら宇田川の家を目指す。

文緒自身、いらぬお節介を焼いている自覚はあった。それでも宇田川の暗い表情を思い出すとじっとしていられない。

土地勘のわからぬ町を歩き回り、ようやく到着した宇田川の家は立派な門構えの日本家屋だった。緊張しながら呼び鈴を押すと、すぐにインターホンから女性の声で返事がある。

宇田川の妻だろうか。

「あの、突然すみません。私、石榴堂の使いの者ですが」

『はい、少々お待ちください』

石榴堂の名を出しただけで相手は話を切り上げ、すぐに割烹着姿《かっぽうぎすがた》の女性が出てきた。宇田川の妻にしては若い。もしや娘かと思ったが、「旦那様がお待ちです」と言われて使用人の類だと悟る。家に使用人がいるなんて住む世界が違うと圧倒されながら玄関をくぐった。

通されたのは畳敷きの客間だ。室内には使い込まれた座卓が置かれている。庭に面した部屋には縁側があり、小さなテーブルと籐《とう》椅子が二脚あった。

宇田川は、籐椅子に腰かけて庭を見ていた。玉砂利を敷かれた庭は、周囲を背の低い木で囲まれている。窓が薄く開いているのか外から湿った空気が吹き込み、日が陰ってふっと室内が暗くなる。

ほの暗い和室には、柔らかく甘い匂いが満ちていた。

文緒はそこでようやく、縁側に置かれたテーブルに宗隆の作った香炉が置かれていることに気づく。香炉からは薄く煙が立ち上っていて、はっとした。

使用人の女性に声をかけられ、宇田川がゆっくりと振り返る。文緒を見ると、やあ、と柔らかく目を細めた。

「どうしました。こんなところまで」

「あ、あの、師匠から郵便を頼まれて……」

縁側に近づいた文緒に茶封筒を差し出され、宇田川は軽く目を見開いた。

「おや、切手が貼られているのに直々《じきじき》に届けに来てくれましたか」

「すみません、事前になんのご連絡もせず。いらっしゃらなかったらポストにそれだけ入れておこうと思ったんですが。せっかくなので、これも、よろしければ……」

家を出る前に焼いてきた蕎麦粉のマフィンを差し出せば、宇田川はたちまち相好を崩した。

「これは嬉しい。前回いただいたクッキーも大変美味しかったんですよ。こんなところまで足を運んでくださったのですから、ぜひお茶でも飲んでいってください」

宇田川は向かいの籐椅子に文緒を座らせ、使用人の女性にお茶の用意を頼む。

女性が行ってから、文緒はそっと宇田川に言った。

「最初、奥様が出迎えてくださったのかと思いました」

「彼女は家政婦さんです。五年前に妻が亡くなってから通ってくれているんですよ」

子供たちも家を出て、宇田川はこの家にひとりで暮らしているのだという。

しばらくして紅茶を持ってきた女性は、「私はこれで」と会釈して部屋を出ていった。終日家にいるわけではなく、早めに夕飯の支度をしたら午後には帰ってしまうらしい。

宇田川は早速マフィンを口に運び、「美味しいです」と目元をほころばせる。文緒も一緒に菓子を摘まみながら、テーブルの上の香炉に目をやった。

香炉からはもう煙が出ていないが、辺りにはまだ甘い香りが残っている。宗隆が調合した香だろう。甘さの中にすっきりとした匂いが交じっている。嗅ぎ覚えのある匂いだと視線を揺らし、籐椅子に腰かける宇田川で目が留まった。

あ、と小さい声が漏れ、もぐもぐと口を動かしていた宇田川が顔を上げる。

「どうしました?」

「いえ、このお香の匂い、宇田川さんの匂いに似てると思って」

「ああ。檜の匂いですか」

宇田川は目尻を下げると、籐椅子に凭れてゆっくりと紅茶を飲んだ。

「貴方のお師匠様が調合してくださったのですが、私が使っている香とよく似ていますね。使い慣れたものをわざわざ選んでくださったのかもしれません」

「宇田川さんも普段からお香を焚いているんですか？」

「ええ。私の父も好きだったもので。父は香道をたしなんでいたんですよ。子供の頃は煙たいばかりだと思っていましたが、結局自分も同じようなものを好むものですね」

宇田川が目を伏せると、部屋の中が一層暗くなった。本格的に雲が空を覆い始めたらしい。間を置かず、庭の木々がさぁっと音を立てる。

「おや、雨だ」

薄く開けた窓から、濡れた土の匂いが忍び込んできた。

不思議なことに、柔らかな甘さをまとった檜の香りは外からの匂いにかき消されることなく、むしろ薄暗い部屋にゆっくりと沈んで濃くなっていくようだ。

雨はあっという間に強くなり、低く雷まで鳴り始めた。

「ひどくなってきましたね……」

「こんなことなら、手紙はポストに投函した方がよかったのでは？」

テーブルの端に置かれた茶封筒に手を置いて、宇田川は悪戯っぽく笑う。

「それとも、この手紙以外にも何かご用がありましたか？」

どうやら見透かされているらしい。問いかけに、文緒は居住まいを正して答えた。

「実は、香炉をお渡ししたときに宇田川さんが暗い顔をしていたのが気になって……もしかしたら、まだ亡くなったお友達と会う決心ができていないのではと様子を見に来たんです。でも……」

文緒はテーブルの上の香炉を見て肩を竦める。

「余計な心配でしたね。すみません」

「いえいえ、気にしていただいて嬉しいですよ」

穏やかに笑う宇田川に、文緒は思い切って尋ねてみた。

「もう、ご友人には会えましたか？」

亡くなった相手に会うとはいったいどんな状況だろう。好奇心も手伝って身を乗り出せば、宇田川に困ったような顔で笑われてしまった。

「実は、まだ会えていません」

文緒は驚いて目を瞠り、さっと顔を強張らせた。となると、宗隆の香は宇田川には効かなかったということだろうか。青ざめる文緒の前で、宇田川は大らかに笑う。

「眠る前にも焚いているのですがね。てっきり友人の夢でも見せてくれるのかと思っていたのですが、もう少し使ってみないと効果はないのかもしれません」

落ち着かなく揺れていた文緒の目が、その一言でぴたりと止まる。何か根本的に認識がずれている気がして、まじまじと宇田川の顔を見返した。

「師匠の香炉は、夢とかそんなあやふやなものではなくて、本当にお友達を連れてくると思いますよ？」

「……本当に？」

「ええ。あの、失礼ですが宇田川さんは、師匠の……幻香師の力を信じていますか？」

宇田川の目元からゆっくりと笑みが引いていく。文緒は身を乗り出して、以前宗隆から聞いた言葉を繰り返した。香が死者の魂を連れてきても、信じると思って探さない限りその姿を見ることはできないのだと。

「信じなければ、魔法にはかかりません」

とっさに魔法という言葉が口を衝いて出た。しかし宇田川はそれを笑わない。返す言葉を探すように黙り込み、しばらくしてからゆっくりと口を開いた。

「信じていないというよりも、信じるのが怖いのかもしれません。この期に及んで、私は安彦に会うことに怖気づいてしまった」

雨に打たれる庭木に目を向け、宇田川は膝の上で手を組む。

「以前、貴方にはお話ししましたね。私が安彦のハンカチを盗んだことを」

「そのことを謝りたいんですよね。でしたらやっぱり、安彦さんに会わないと」

「謝っても許してもらえないのではないかと思うと、怖いんです」

「そんな、ハンカチ一枚で……」

宇田川は目を閉じて、ハンカチ一枚、と繰り返す。

「でも、ハンカチ一枚で私は彼の人生を変えてしまったかもしれません」

「人生、ですか？」

宇田川は目を閉じたまま、重たい口調で語り始めた。

宇田川を見舞ったあと、安彦はお嬢さんの家に行ったらしいが、彼女を祭りに誘うことはできなかったようだ。それでも往生際悪く屋敷の周囲をうろついて、夜になって帰宅したときには風邪を引いていたらしい。宇田川だけでなく安彦まで寝込んでいる間に、お嬢さん一家は東京へ戻ってしまった。

そうこうしているうちに夏休みが終わって学校が始まったが、なぜか安彦が登校してこない。担任が言うには風邪をこじらせ肺炎になったという。すぐに治るだろうと楽観視していたが、安彦はその後一度も学校へ来ることなく、本格的な秋が訪れる前に引っ越してしまった。肺の病気を治療するため、親戚の家を頼ることになったらしい。

「だから私が最後に安彦と会ったのは、あの夏祭りの日なんです」

それきり安彦とは音信不通でいたのだが、昨年中学の同窓会の報《しら》せが届いた。もしや安彦に会えるのではと出向いたそこで、安彦が十年以上前に亡くなっていたと知ったのだ。

「同窓会に来た友人の中には、安彦と連絡を取り合っている者もいました。引っ越し先で、安彦は人が変わったように物静かに過ごしていたそうです。ショックでした。あんなに闊《かっ》達《たつ》で、腕っぷしの強かった男なのに」

宇田川は皺の刻まれた掌で目元を覆う。

「何か肺炎の後遺症のようなものが残ったのかもしれません。あの日、私がハンカチを盗まなければ、安彦はお嬢さんを夏祭りに誘えたし、風邪を引くこともなかった。あのハンカチは、彼の背中を押してくれる大切なものだったのに……。ちょっとした出来心で彼の人生を狂わせてしまったのではないかと思うと、怖いんです」

窓の向こうで、庭木を打つ雨の音が響く。

宇田川は手で顔を覆ったきり動かない。薄暗い部屋の中、老いて小さくなった体に後悔の影が張りついているように見える。

たかがハンカチだ。けれど、安彦にとってそれは本当に大切なものだったのだろう。

宇田川はそれをわかっていた。だからこそこんなにも強い罪悪感を覚えている。

窓から冷たい空気が忍び込み、室内の温度が下がる。辺りに漂っていた香の匂いが変わった。甘さが薄れ、代わりに檜の青々とした匂いが際立ってくる。

標《しるべ》が立っている、と文緒は思う。

この香りは、死者を導くための標だ。匂いは消えず、宇田川の周囲にわだかまる。

「安彦さん、来ますよ」

出し抜けに言い放つと、同時に低く雷鳴がとどろいた。

片手で目元を覆っていた宇田川が、ゆるゆると顔を上げてこちらを見る。

文緒は姿勢を正し、宇田川の目を見て言った。

「その香を焚いているんですから、きっと来ます。私の師匠が作った香です。夢でもなく、幻でもなく、思っていたのとはまるで違う形で、貴方はきっと安彦さんに会います」

宇田川は戸惑ったような顔で文緒を見返し、口元にぎこちない笑みを浮かべた。

「……貴方は、お師匠様の力を信じているんですね。あの方の弟子だからですか？」

「いいえ。弟子になる前に、私自身あの人に魔法をかけられたからです」

文緒は実感しているだけだ。宗隆の力は本物だと。語るうち、自然と体が前のめりになる。

「末期癌《がん》だった私の父は、今日が峠《とうげ》と言われていたのにあの人の魔法のおかげで復調しました。医者たちからは奇跡だと言われたくらいです」

病が治ったわけではないが、死期を遅らせることができただけで十分な奇跡だった。あの時間がなければ、自分はきっと伯母たちと会えなかったはずなのだから。

確信を込めた文緒の言葉に気圧《けお》されたのか、宇田川は何も言わない。でも瞳が揺れている。信じるか否か、まだ迷っている。

「宇田川さんも、覚悟を決めてください」

窓の外で閃光《せんこう》が走った。

間を置かず、耳を劈くような雷鳴が辺りに響き渡る。近くに落ちたのかもしれない。

大きく目を見開いた宇田川の顔が雷光に照らされ、一瞬で薄暗い部屋に沈む。

まだ日没までには時間があるはずなのに、いつの間にか外は真っ暗になっていた。

宇田川は何度か瞬きをすると、片手で口元を拭うような仕草をした。ごくりと喉を鳴らし、息を整えるように肩を上下させてから口を開く。

「……申し訳ありませんが、部屋の電気をつけてもらえませんか」

くぐもった声で宇田川に乞われ、立ち上がって部屋の灯りをつけた。蛍光灯の白い光が室内を照らし、籐椅子に凭れた宇田川が深く息をつく。

文緒が向かいに腰を下ろすと、宇田川は顔でも洗うように両手で顔を擦った。そして皺の刻まれた自分の手をじっと見る。

「そうですね……。私ももう、老い先短い」

掠れた声で呟くと、宇田川は背筋を伸ばし、文緒をまっすぐに見た。

「いい加減、腹をくくりましょう。安彦は、私がハンカチを盗んだことに気づいていたと思います。彼には私を責める資格がある。怖がっている場合ではありませんでした。私はここで、彼を待ちます」

声には芯が通っていて、宇田川の覚悟のほどが窺えた。文緒も頷く。宇田川が信じて待つなら、きっと安彦はここに来るだろうと確信して。

そのときだった。

「――ごめんください」

庭の方から声がして、文緒と宇田川はびくりと肩を震わせた。

雨でけぶる庭に目を向けるが誰もいない。けれどしばらくするとまた「ごめんください」と声がする。雨音にかき消されてよく聞こえないが、少し幼い声だ。

「あ、あの、ちょっと外を見てもいいですか？」

籐椅子から立ち上がり、宇田川に断って縁側の窓を大きく開ける。庭に向かって半身を出すと、「あっ」と小さな声がした。

「よかった、人がいた」

声のした方を向くと、隣の部屋の庇《ひさし》の下に少年が立っていた。中学生ぐらいだろうか。白いシャツを着て、髪から水を滴らせている。

少年は勢いをつけて庇から飛び出すと、文緒のいる縁側まで駆け込んできた。

「すみません、チャイムを鳴らしたんですけど音がしなくて。勝手に庭まで入ってきてしまいました」

深々と頭を下げた少年の顔を見た瞬間、宇田川が椅子から腰を浮かせかけた。

「……安彦？」

文緒も驚いて少年を見る。文緒は安彦の顔を知らないが、まさか彼がそうなのか。本当に死者がやってきたのかと棒立ちになっていると、少年が不思議そうに首を傾げた。

「あの、ここは宇田川さんのお宅で間違いありませんか？　宇田川勝《まさる》さんは……」

「わ、私が、私が勝だ。安彦、お前、まさか本当に……」

よろよろと椅子から立ち上がろうとする宇田川を見て、少年は目を見開く。

「宇田川、勝さん。貴方が、本当に？」

「ああ、そうだ、すっかり老いて見違えたかもしれないが、私が……」

宇田川の言葉が終わらぬうちに、少年が再び頭を下げる。そして、改まった声でこう言った。

「初めまして。生前、僕の祖父がお世話になったようなのでご挨拶に参りました」

外では雨が降っている。雷は遠ざかったのか、もう稲光が走ることはない。

雨の中、現れたのは安彦ではなく、その孫である秋彦《あきひこ》だった。

通いの家政婦はもう帰ってしまったので、代わりに文緒が脱衣所からタオルを持ってきてびしょ濡れの秋彦に手渡す。絞れば水が滴りそうなシャツはハンガーにかけて縁側に吊るしておいた。

体が冷えているだろうからと、文緒が温かい飲み物も淹れることになった。他人の家の中をうろうろするのは気が引けたが、家主である宇田川が構わないというのでキッチンを漁って紅茶を淹れる。

部屋に戻ると、裸の肩にタオルをかけた秋彦が座卓の前に腰を下ろしていた。文緒からカップを受け取り、「何から何まですみません」と屈託なく笑う。

宇田川は縁側の椅子に座り、そんな秋彦をじっと見ていた。孫と聞いてもまだ信じられないような顔をしている。それだけ安彦と瓜二つなのだろう。

籐椅子に腰かけたまま、宇田川は身を乗り出して秋彦に尋ねた。

「秋彦君、と言ったかな。君はどうして、私のところへ……？」

文緒も座卓の前に腰を下ろして返答を待った。秋彦はひとりリラックスした様子で、熱い紅茶に息を吹きかける。

「夢枕に祖父が立ったんですよ」

「夢枕？」

秋彦はコップに口をつけ、困ったような顔で「夢枕です」と繰り返した。

「急にこんな変な話をしても、信じてもらえないかもしれませんが……」

「いや、信じましょう。続けて」

宇田川に即答され、秋彦は少しほっとした様子で続けた。

「祖父は僕が生まれる前に亡くなったので、写真でしか顔は知らないんです。でも、夢に出てきたのは祖父だったと思います。不思議な夢でした。夢の中なのに甘い香りがするんです。会ったこともない祖父の声もはっきり聞こえて、僕に届けてほしいものがあると言ってきました。自分の遺品を、宇田川勝という人のところに届けてほしいって」

目覚めてから家族に尋ねても宇田川の名を知る者はいなかったが、ただの夢にしては生々しい。それで秋彦は、宇田川に会う当てもないまま祖父の遺品を持ち歩くようになったそうだ。

「今日はたまたまこちらに遊びに来ていたんですが、急に雨が降ってきて近くで雨宿りをしていたんです。そうしたら、夢で感じたのと同じ匂いがこの家から漂ってきたのでびっくりしました。表札を見たら『宇田川』だし、もしかしたら、と思って……」

身じろぎもせず秋彦の言葉に耳を傾けていた宇田川が、ゆっくりと籐椅子に凭れかかった。何度も瞬きを繰り返し、縁側のテーブルに置かれた香炉に視線を向ける。

「……この香りが、君を導いてくれたのか」

砕いた星屑を詰め込んだような香炉は、静かにそこに鎮座している。香が燃え尽きても、檜の匂いはまだ薄く室内に漂っているようだ。

宇田川は籐椅子に座り直すと、再び秋彦に視線を戻した。

「それで、安彦の遺品というのは……?」

タオルで濡れた髪を拭いていた秋彦は「そうだった」とズボンのポケットを探った。

「これです。これを貴方に渡したくて」

そう言って秋彦が取り出したのはハンカチだ。青いチェック柄の。

宇田川がゆっくりと目を見開く。口元が微かに震え、なぜ、と呻くような声が漏れた。

「なぜ、君がそれを持っているんだ。それは私が安彦に贈ったもので、私が……私が、彼から……」

——盗んだ、と言おうとしたのだろう。

結局宇田川は何も言わずに口を閉じたが、傍らで見ていた文緒にはわかった。

秋彦が差し出したハンカチは色褪《いろあ》せて、随分古いもののように見える。秋彦はそれを座卓に置くと「これだけじゃないんです」とさらにポケットを探った。

次に出てきたのもハンカチだ。柄は先程と同じ、青いチェックである。秋彦はさらに反対のポケットからもハンカチを二枚取り出した。全部で四枚。すべて同じ柄だ。

驚いて言葉も出ない宇田川を見上げ、秋彦は無邪気に笑う。

「祖父はこの柄のハンカチを気に入っていて、何枚も持っていたらしいんです。これを持っていればどんな窮地も切り抜けられるからって。親友にもらったそうですよ」

親友、という言葉に宇田川の肩先が反応した。

「子供の頃は親にねだってまで同じ柄のハンカチを買いそろえたそうです。一度はどこかでハンカチを落としたこともあったそうですが、予備のハンカチを持っていたので事なきを得たとか」

「だったら、あの夏祭りの日は……！」

思わずと言ったふうに身を乗り出した宇田川だが、すぐに我に返ったように口をつぐんだ。もう何十年も前の話を秋彦が知っているわけもない。

しかし秋彦から「お嬢さんの話ですか？」と返ってきて、今度こそ宇田川の顔が驚愕一色に染まった。

「知ってるのか……」

「ええ。祖母から聞きました。祖父の語り草だったらしいので。洋館に住むお嬢さんを夏祭りに連れ出そうとしてたらしいですね。結局誘いはしなかったらしいですが」

「やっぱり、誘うことはできなかったのか……？」

「その代わり、お祭りで買ってきた水風船を渡したそうです。『友達と一緒に買ってきたから、お嬢さんもどうぞ』って」

友達、という言葉にぴんときて、文緒は宇田川に耳打ちする。

「友達って、宇田川さんのことなんじゃないですか？　安彦さん、きっと宇田川さんと一緒に買ってきたことにしたんですよ。抜け駆けにならないように」

「そんな、まさか……」

宇田川は何度も目を瞬かせる。次の言葉も出ない様子で黙り込む宇田川に、秋彦は苦笑交じりに告げた。

「水風船を買ったはいいもののなかなかお嬢さんに声をかけられなくて、暗くなるまで薄着でうろうろしていたものだから次の日は風邪を引いたらしいですが」

「それは、風邪なのか？　本当に？　こじらせて肺炎になったと聞いたが。それに、そのあと療養のために引っ越しもした。よほど具合が悪かったのだと……」

「それは表向きの理由ですね。本当は祖父の父親が相場で失敗をして、金貸しから逃れるために引っ越しただけです。外聞が悪いので本当のことは伏せたんだと思います」

想像もしていなかったのだろう事実を耳にして、宇田川は「そうだったのか……」と掠れた声で呟く。

「だが、引っ越し先では人が変わったように大人しくなったと聞いたが、あれは？　何か後遺症のようなものがあったのでは……？」

秋彦は目を丸くして、急に声を立てて笑い出した。

「そんな噂があったんですか？　違いますよ、あれはただ単に秀才を気取っていただけです。地元では悪ガキのレッテルを貼られていたから、新天地では心機一転、物静かなインテリを装っていただけです。地元にいた秀才を真似たと聞きました」

笑いながら、秋彦は宇田川を見上げてきっと微笑む。

「祖父が真似ようとしていたのは、きっと貴方みたいな人だったんじゃないかと思います」

宇田川は息をするのも忘れたように秋彦を見下ろし、ゆっくりと肘かけに凭れかかった。

指先で額を押さえ、掠れた声で呟く。

「……信じられない。私こそ、明るくてみんなに好かれていた彼に憧れていたのに」

「ただの喧嘩馬鹿だったたって僕は聞いてますよ?」

俯いたまま、宇田川が小さく笑う。しばらく肩を震わせて笑ってから、長い長い溜息とともに呟いた。

「体を悪くしたわけではなくて、本当によかった……」

少しだけ湿った声を、柔らかな雨音が隠す。庭に目を向けると雨脚はだいぶ弱まって、空もいくらか明るくなってきたようだ。

顔を伏せて動かない宇田川をそっとしておくべく、文緒は秋彦に話しかける。

「秋彦君、お腹空いてませんか? よかったら、私の作ったマフィンでもいかがです?」

「えっ、いいんですか? ぜひ食べたいです!」

文緒は立ち上がり、縁側のテーブルに置かれていたマフィンの皿を座卓に移動させる。

秋彦がそれに手を伸ばそうとしたとき、宇田川がようやく顔を上げた。

「君、アレルギーはないかい? それは蕎麦粉で作られたマフィンだが」

宇田川の声はもう震えておらず、表情も穏やかだった。ほんの少し目元が湿っぽい以外は普段とまるで変わらない。

秋彦はきょとんとした顔をして「大丈夫です」と頷いた。

「そうか。ならいいんだ。私は小麦粉アレルギーがあるものだから、人の食べるものも気になってしまってね。さ、食べなさい」

宇田川に促され、秋彦は今度こそマフィンを口に入れる。文緒に向かって「美味しいです」と笑顔を見せる姿は本当に屈託がない。宇田川もそんな秋彦を微笑まし気に見守っている。

続けざまに二つマフィンを食べた秋彦は、もぐもぐと口を動かしながら宇田川を見上げた。

「小麦粉のアレルギーって、ひどいんですか？」

宇田川は孫を見守るような顔で秋彦を見遣り、そうだねぇ、とひげを撫でる。

「症状の重さは人によるけれど、私は最悪呼吸困難を起こす。子供の頃も、うっかりクッキーを食べて寝込んだものだよ」

喉の奥で笑う宇田川をじっと見詰め、秋彦は少し声を低めた。

「クッキーって、お嬢さんからもらったクッキーですか？」

「おや、そんな話まで知ってるのかい？」

その話は文緒も初耳だ。身を乗り出した文緒を見て宇田川は苦笑を漏らした。

「一度だけ、お嬢さんが手作りのクッキーを焼いてくれたことがありましてね。それを安彦と一緒に食べて具合を悪くしたことがあったと、それだけの話ですよ」

いつものように三人でお喋りをして、帰ろうとしたらお嬢さんが土産《みやげ》に持たせてくれたらしい。宇田川と安彦はそれを持ち帰り、二人して空き地で食べたそうだ。

「本当は食べるべきではないと思ったのですが、安彦があまり美味しそうに食べているものだから我慢ができなくて……」

照れたように笑う宇田川につられて文緒も笑ったが、秋彦だけは笑わなかった。それまでのはつらつとした表情から一変、重苦しい顔つきになる。

「……実は、夢枕に立った祖父から、言伝も頼まれていたんです」

秋彦の低い声に気づいたのか、宇田川が笑いを収める。

秋彦は膝の上で拳を固め、ひとつ深呼吸をしてから言った。

「祖父は、貴方がそんなにひどい小麦粉アレルギーだって知らなかったんです。うどんやそうめんをあまり食べないことは知っていましたが、単に好き嫌いが激しいだけだと勘違いしていたようで……」

「まあ、当時はアレルギーなんて珍しい時代だったからね。彼は悪くない」

秋彦はぐっと言葉を詰まらせると、大きく首を横に振った。

「とはいえ、お腹くらいは壊すかもしれないと祖父はわかっていたんです。だから、貴方にクッキーを食べさせようと仕向けたのは、わざとです。まさか寝込むほどとは思っていなくて……。抜け駆けしようとしたんですよ。お嬢さんと二人でお祭りに行こうとして」

ひどく言いにくそうにしながら、それでも夢枕で聞いた祖父の言葉を宇田川に伝えようと秋彦は苦しい顔で続ける。その肩に、宇田川がそっと手を置いた。

「でも、安彦はお嬢さんと一緒に祭りには行かなかった。代わりに私と一緒に買ってきたことにして、お嬢さんに水風船を届けてくれたんだろう？　抜け駆けをしようと思えばいくらでもできたのに」

秋彦の肩を力強く摑んで、宇田川は目元に笑い皺を刻んだ。

「君のお祖父《じい》さんはね、そういう気持ちのいい男だったんだよ。俯かなくていい。むしろ誇ってくれ」

「でも、クッキーを……」

「小麦粉が入っているとわかっていてクッキーを食べたのは私だ。安彦は私にクッキーを食べるよう無理強いをしたりしなかった。お嬢さんからもらったクッキーを、私自身がどうしても食べたかったから食べたんだ。自業自得だよ」

おずおずと顔を上げた秋彦の肩を叩き、宇田川は微かに眉を下げる。

「私こそ、彼に対してとても卑怯なことをしてしまった……。ちょっと待っていてくれないか」

そう言って立ち上がると、籐椅子の傍らに置かれていた杖をついて部屋を出ていく。程なくして戻ってきた宇田川は、秋彦に一枚のハンカチを手渡した。青いチェックのハンカチは、秋彦が持ってきたのとまったく同じ柄だ。

「これは、私が安彦から盗んだものだ。どうか墓前に供えてほしい。いつか墓参りにも行かせてもらえないだろうか。彼に許してもらえるかはわからないが、謝罪をしたい」

秋彦は両手でハンカチを受け取る。座卓に積み上げられているのと同じく色褪せたハンカチは、もう何十年も宇田川が保管していたものだろう。

無言でハンカチを見詰める秋彦の頰に、薄く西日が差した。三人そろって窓の外に目を向ければ、空には茜色《あかねいろ》の晴れ間が広がっている。

「雨、やみましたね」

文緒が呟くと同時に、秋彦が立ち上がった。縁側にかけられていたワイシャツに手を伸ばし、文緒たちを振り返って「乾いたみたいです」と笑う。

「僕はそろそろ行かないと。長居してしまってすみません。お茶までご馳走になって」

シャツを着た秋彦は礼儀正しく頭を下げると、縁側に腰かけて靴を履いた。

文緒は座卓に置き去りにされていたハンカチを持って秋彦に手渡す。秋彦はそれを受け取ると、宇田川を見上げて軽く手招きした。

文緒に支えられながら窓際に立った宇田川に、「これは貴方が持っていてください」と秋彦はハンカチを一枚手渡す。宇田川が持ってきたハンカチだ。戸惑い顔を浮かべる宇田川に、秋彦はにっこりと笑った。

「あの日祖父は、クッキーを食べて寝込んでいた貴方のお見舞いに行って、貴方がひどく汗をかいていたから、だからハンカチを置いていったんですよ。もともと貴方からもらったものです。それを返すつもりで」

宇田川はひとつ瞬きをすると、くしゃりと顔を歪めて笑った。

「庇ってくれるのは嬉しいが……」

「庇っているわけではなく、祖父はきっとそのつもりだったと思います」

「違うんだよ。私は彼からハンカチを……」

盗んだ、という言葉は、またしても口にされなかった。秋彦が「頑固だなぁ」と呆れたような顔で言って、前触れもなく宇田川の胸倉を摑んだからだ。

宇田川の体が引き倒されそうになり、文緒は慌ててその腕を引っ張った。なんとか縁側から落ちずその場に踏みとどまった宇田川の胸元を摑んだまま、秋彦が溜息をつく。

「お前が大人しく納得してくれりゃ俺もこのまま帰れたものを……いつまでも下らねぇことを気にしてんじゃねぇよ。今更ごめんだなんだと言い合うなんてこっ恥ずかしい」

それまでの礼儀正しさをかなぐり捨てたような言葉遣いに、文緒だけでなく宇田川もぎょっとしたような顔になった。

大きく目を見開いた宇田川を見上げ、秋彦は別人のような顔でニッと笑う。

「どっちにしろ昔のことだ。手打ちにしようぜ。クッキーのことは、本当に悪かった」

宇田川が掠れた声で「君は……」と呟く。

秋彦は宇田川の手に無理やりハンカチを握らせると、跳ねるように縁側から離れた。

「ハンカチは返すぞ。もともとお前のもんだ」

「待ってくれ、君は……」

「お前は長生きしてくれて何よりだ」

満面の笑みを浮かべた秋彦の声が庭に響き渡る。

その瞬間、宇田川は雷に打たれたような顔をして自分も庭に飛び下りようとした。

「う、宇田川さん！　危ないですよ！」

「離してくれ！　待ってくれ、行かないでくれ！」

秋彦は最後に大きく手を振って玄関の方へ駆けていく。宇田川は自分の足が悪いことも忘れて追いかけようとするので、文緒は必死になってそれを止めた。

「宇田川さん！　危ないですって、追いかけるなら私が……！」

「安彦！」

文緒の声をかき消すように叫んで、宇田川は今度こそ庭に下りた。靴も履かず、素足のままで、走り出そうとして転びかけ、文緒も慌てて庭に下りた。

「追いかけてくれ！　彼は孫なんかじゃない！　安彦だ！　本人だったんだ！」

雨上がりの庭に宇田川の絶叫が響き渡る。

文緒は驚いて秋彦が駆けていった方を振り返った。もう姿は見えないが玄関の方に回ったのだろう。「見てきます！」と叫んで走ったがもう玄関前にその姿はなく、表の通りにも人影ひとつ見つけられない。

雨上がりの町は無人のように静かだ。道路の水溜まりに夕空が映り、電線から落ちる水滴の音だけがぽつぽつと響く。

秋彦の姿はどこにもない。耳を澄ましても、走り去る足音すら聞こえなかった。

文緒は呆然とした顔で庭に戻る。

庭先では、宇田川が縁側に腰かけてハンカチを握りしめていた。背中を丸め、今度こそ声も殺さず泣いている。

雨上がりの庭先には、檜の香りが微かに漂っているばかりだった。

泣き崩れる宇田川の肩を支え、温かい茶を淹れ、なんとか宇田川が落ち着きを取り戻すまで、文緒はその傍らに寄り添った。そんなことをしていたものだから、宗隆の家に戻ったのはすっかり日が暮れる頃だ。

玄関を開けると、すぐに奥から宗隆がやってきた。何か言われる前に、文緒はまだ半分夢を見ているような心地で「宇田川さんの家に行ってきました」と告げた。

「亡くなったご友人に、私も会ってきました」

宗隆は片方の眉を上げると、まずは家に上がるよう文緒を促した。

ぼうっとした顔の文緒を居間に連れてきた宗隆は、ダイニングテーブルに文緒を座らせ、その向かいに腰を下ろした。

「わざわざ宇田川さんの様子を見に行ったのか」

「はい、宇田川さん、ご友人に会うべきかそうでないのか迷っているようだったので。幻香師の力を信じるか信じないかは本人次第ですが、迷っているならせめて背中を押した方がいいかと……。お節介だったかもしれませんが」

宗隆と喋っているうちにようやく現実感が戻ってきて、文緒は首を竦める。

「勝手なことをして、すみません……」

しおしおと顔を伏せた文緒の前で、宗隆はテーブルに肘をついた。

「いいんじゃないか。俺は面倒くさいからやらないが、アフターサービスも大事だしな。宇田川さんも亡くなった友人に会えたんだろう？」

「はい、ちゃんと謝れてよかったって、泣いて喜んでました」

秋彦——いや、安彦が消えたあと、宇田川はしばらく縁側に座り込んで動かなかった。涙が止まったあとも庭を眺め続けていた宇田川は、溜息に乗せて呟いた。

「安彦は、本当に気持ちのいい男だったんですよ」

文緒も、つい先程まで一緒にいた少年の礼儀正しい挨拶や明るい笑顔、はきはきとした受け答えを思い出して頷く。

安彦が満面の笑みを浮かべて口にした『お前は長生きしてくれて何よりだ』という言葉は、きっと掛け値なしの本心だろう。

宇田川は膝の上に載せていたハンカチを撫で、自嘲気味に笑った。

「そんな男に恨まれているのでは、なんて疑っていたんですから、私は本当に器が小さかった。勘違いしたまま彼岸《ひがん》に渡らずに済んで、よかったです」

宇田川は文緒に体を向けると、深々と頭を下げて言った。

「背中を押してくださって、ありがとうございます。貴方のお師匠様にもくれぐれもよろしくお伝えください。お師匠様は、間違いなく魔法使いでいらっしゃる」

そう言って晴れ晴れと笑った宇田川の言葉を伝えると、宗隆の眉間に皺が寄った。

「……どうして宇田川さんまで俺を魔法使い呼ばわりするんだ」

「すみません、私が何度も魔法って言っていたからだと思います」

宗隆は呆れたような溜息をついたものの、すぐに表情を緩めた。

「なんにせよ、依頼人に満足してもらえたのなら何よりだ。昔のこともきちんと清算できたようだし、よかったな」

満足そうなその顔を文緒はじっと見詰める。探るような文緒の目つきに気づいたのか、「なんだ？」と宗隆が首を傾げるので、迷いながらも尋ねてみた。

「宇田川さんがお友達から盗みを働いたって聞いたときの師匠、凄く怒ったような顔をしてたので、本当に純粋に祝福してるのかな、と思いまして……」

あのときの宗隆は、宇田川の依頼を断ってしまうのではとはらはらするくらい厳しい顔で、宇田川を見る目もまるで責めるようだった。

「あれは別に宇田川さんを責めてたわけじゃない。昔を思い出していただけだ」

「昔って、師匠も誰かに何か盗まれたことが？」

宗隆は束《つか》の間《ま》黙り込み、「逆だ」と低く呟いた。

「俺が、他人から物を盗んでしまったことがあるんだ。だからいたたまれない気分になった」

「師匠が？　まさか」

とっさに言葉が口を衝いて出た。ありえないと思ったが、宗隆は苦り切った顔で笑う。

「本当だ。柊木も知ってる。だからこの仕事を回されたときは、当てつけかと思った」

さて、と言って宗隆が席を立つ。自分の話はこれで終わりらしい。

「そろそろ夕飯にするか」

「あ、すみません、まだ支度が……」

台所へ向かう宗隆を追って文緒も席を立つ。流しの前で立ち止まった宗隆は、調理台に置かれていたものに手を置いた。

「今日はこれを食べよう」

宗隆から食べるものを指定してくるのは珍しい。なんだろう、と手元を覗き込んで、文緒は目を瞠った。宗隆の手の下にあったのは、五キロの米袋だ。

「お……お米！　どうしたんですか、それ！」

「買った。宇田川さんから支払いがあったからな」

「凄い！　しかも新米じゃないですか！　どうしよう、どうしましょうか⁉　お豆腐丼にしましょうか！」

「……米に豆腐をかけるのか？」

どんな食べ物だ、と言いたげに目を眇めた宗隆に、「美味しいんですよ！」と文緒は力説する。

「鰹節《かつおぶし》とか薬味を散らして、お醤油《しょうゆ》をかけてごま油を垂らすんです！　あっ、でも、お豆腐を玉子でとじて甘辛く味つけしてかけるのも捨て難い……！」

突然の米の登場に一気にテンションが上がってしまった文緒を見て、宗隆はおかしそうに笑う。

「まとまった金が入ったからな。これでしばらくは野草を食べる必要もないだろう」

「野草は野草で美味しいですよ」

「それは否定しないが、買った方が手間はないだろう？　一ヶ月、苦労かけたな。これからはもう少しましな生活ができるはずだ」

そう言って、宗隆は優しい顔で琥珀色の瞳を細める。文緒の一番好きな顔だ。だから一緒に笑おうとしたのだが、口元が強張ってしまって上手くいったか自信がない。

（もう一ヶ月経つんだ……）

ならばここから先はロスタイムだ。文緒の望んだこの生活がいつ終わっても不思議ではない。

せめてその顔を目に焼きつけておこうと宗隆を見詰めれば、宗隆もこちらを見て、ぎょっとしたように目を見開いた。文緒から若干身を離し、居心地悪そうに顔を背ける。

宗隆はときどきこうして文緒から目を逸らす。宗隆への恋心を噛みしめているときに多いような気がするが、自分はそんなにわかりやすい顔をしているのだろうか。

想いに応えてもらえるわけもなく、宗隆を困らせたいわけでもない。弟子らしく従順に
何事かと顔を上げると、宗隆がそっぽを向いてわしわしと文緒の頭を撫でていた。

どきりとしたものの、宗隆はよく文緒の頭を撫でてくる。しかも平然とした顔で。やはり実家で犬でも飼っていたのだろうとその顔を見上げ、文緒は目を見開いた。

文緒の頭を撫でる宗隆の耳が、心なしか赤くなっている。

驚いて、すぐには動き出すこともできなかった。これまでは文緒ばかりが意識していたはずなのに。それとも見間違いか。願望の見せる幻か。

「あっ、あの……」

動揺して上擦った声を上げると、さっと宗隆の手が離れた。

「豆腐はあるのか」

「え……あっ、そういえば、なかった、です」

「買ってくる。スーパーに行けばいいんだな」

言うが早いか、宗隆は大股で部屋を出ていってしまう。横顔は普段通りに見えたが、耳元はどうだったろう。確認する間もなかった。

宗隆がいなくなり、途端に静かになった台所で文緒は立ち尽くす。そっと頰に触れてみると自分でも驚くほど熱くなっていて、必死で顔を掌で扇《あお》いだ。

(駄目だ、期待しちゃ！　ただの見間違い、見間違い……！)

意識して深く息を吐くと、蛇口から水が滴って洗い桶《おけ》に落ちた。

桶に波紋が広がる。それを目で追い、もしも、と文緒は考える。

もしも自分に幻香師の才能があったら、これからも宗隆の弟子でいられただろうか。そうして長く傍らにいたら、宗隆に振り向いてもらえる日もあるだろうか。

文緒に許されるのはぼんやりと想像することだけだ。そうであってほしいと願うことはできない。

願えば叶うが、崩壊する。

わかっているのに、今回ばかりは惜しまれる。

文緒はそろりと頭に触れる。先程宗隆が撫でてくれた場所だ。

(もう少しだけ……)

願いかけて、やっぱり文緒は首を横に振る。

水音だけが響く台所は静まり返って、文緒はしばらくその場から動き出すことができなかった。

＊＊＊

どこかで電話が鳴っている。

縁側を雑巾がけしていた文緒は手を止めて耳を澄ました。宗隆の家は広いので、電話の音は遠くで鳴る風鈴のように微かにしか聞こえない。

しばらくすると電話の音が消えた。宗隆が取ったのだろう。電話は宗隆の私室と作業場にしか引かれていないので、文緒が受話器を取ることは滅多にない。

宇田川の仕事を終えた辺りから、家の電話が鳴ることが増えた。宗隆が言うには、この一ヶ月音沙汰がなかった依頼の連絡が増えたらしい。

「仕事は波があるからな。来るときはまとまって来る」

宗隆は笑いながらそう言ったが、文緒はなんとなく察していた。多分、電話が一度も鳴らなかったこの一ヶ月が異常だったのだ。

文緒がこの家に来てから今日でちょうど一ヶ月。

強引にここに居候できたのは、宗隆が骨折して利き腕が使えなかったのと、支払いが滞ったり仕事がなかったりして資金が底を尽いていたからだ。文緒はそこにつけ込んで、宗隆の腕が治るまではここにいさせてほしいと言い張った。

だが宗隆の右手はもう完治したし、宇田川の支払いも済んで、しばらく資金繰りに困ることもないだろう。振り込まれた額は、文緒が想像していたそれとは桁が違った。

廊下の掃除を終えた文緒は、縁側から外に出て物干し場の菜園に水を撒く。

(もう、私がここにいる理由はなくなっちゃった)

文緒が植えた苗は順調に育ち、花の落ちたミニトマトには実がつき始めていた。枝豆も遅れて花をつけているし、ピーマンも支柱に沿って高く伸びている。

けれどもう、わざわざこんなものを育てて食べる必要もない。順調に仕事が入ってくるのなら三食外食にしたってなんら問題ないのだ。米が買えないからと小麦粉料理に頼る必要も、野草を摘んでくる必要だって本来宗隆にはない。

本当なら文緒から「お世話になりました」と頭を下げて出ていってもいい頃合いだ。しかしいざ宗隆を前にするとその一言が出てこない。もう少し、もう少しと思いながら今日まで来てしまった。

（こんなことなら、初恋の人に会いたいなんて願わなければよかった）

文緒はひっそりとした溜息をつく。

宗隆に再会した当初は、まるで憧れのヒーローに会えたような気分だった。記憶の中の宗隆は優しくて大人で、事実文緒の窮地を救ってくれたヒーローだったのだから。

しかし一ヶ月も一緒に暮らせばヒーロー像も瓦解する。宗隆は案外生活能力がないし、仕事にのめり込むと寝食もままならなくなる。押し切られる形で文緒を弟子にしてしまうなど、人が好《よ》すぎて貧乏くじを引きがちなのではと危惧《きぐ》する面もあった。

完璧なヒーローとは程遠い。その姿を見て幻滅したかと問われれば答えは否で、むしろ再会する前よりずっと宗隆を好ましく思っている。おかげでなかなかこの家を立ち去る決心がつかない。

宗隆に振り返ってほしいと願うことさえできないのに、未練がましいことだ。

文緒は菜園の前にしゃがみ込み、濡れた葉っぱに手を伸ばす。そのときだった。

唐突に目の前が真っ白になって、耳が聞こえなくなった。直前まで聞くともなしに聞いていた庭木の揺れる音が途切れ、濃い霧の中に放り出されたように上下の感覚も曖昧になる。

目を見開いても視界は白いままで、体を動かすこともままならない。声を出すこともできずひたすら身を固くしていたら、ふいに掌に痛みが走った。

指先が何かの感触を捉え、とっさに固く握りしめる。息を詰めて何度か瞬きをするとようやく視界が戻ってきた。気がつけば文緒は、菜園の前にしゃがみ込んだまま両手と片膝を地面につけていた。前のめりに倒れ込んでしまったのだろう。

呼吸が乱れ、額には冷や汗が浮いていた。なんとか息を整え、土のついた両手を払う。少しだけ掌がすり剝けているのに気づき、家に戻って水で土を洗い流した。

(……病院に行った方がいいのかな)

さすがに最近眩暈の頻度が多い。けれど大きな病気が見つかったところで治療に専念する余裕などあるわけもなく、文緒は押し殺した溜息をつく。

「これからどうしよう……」

こうありたい、こうしたい、と願うことが文緒にはできない。

いっそ宗隆に占ってもらおうか。でも依頼にはいくらかかるのだろう。手持ちの現金はとっくに底を尽いている。伯母はこの前の占いにいくら払ったのかな、などと思っていたら玄関でチャイムが鳴った。

また立ち眩みを起こしては大変なので、壁に片手をついて玄関へ急ぐ。引き戸を開けると、そこには今まさに考えていた伯母の姿があった。

「あ、よかった、いたいた。ごめんなさいね、急に来て。三ノ宮さんいらっしゃる？」

白いパンツに若草色のセーターを着た伯母は、初めてこの家を訪ねたときより格段に明るい表情をしている。だが、文緒の顔を見た途端、眉間に細い皺を寄せた。

「文緒、貴方随分青い顔してるけど、どうかしたの？」

伯母に顔を覗き込まれ、不調を気づかれぬよう無理やり笑顔を作った。

「別にどうもしないよ。それより師匠に何か用？」

伯母はまだいくらか心配そうな顔をしながらも靴を脱ぐ。

「この前の占いの料金の件でちょっとね」

「え、ま、まさか、払い切れなくなったとか……？」

宇田川が振り込んできた法外な金額を思い出して顔を引きつらせれば、伯母は「逆よ、逆！」と声を大きくした。

「幻香師の依頼料なんて十万、二十万じゃ足りないはずなのに、請求書を見たら子供のお小遣いみたいな金額しか書かれてないんだもの。何かの間違いじゃないかと思って確認に来たの」

納得して、文緒は伯母を客間に通す。程なく私室から宗隆がやってくると、伯母は緊張した面持ちで来訪の理由を告げた。それに対する宗隆の返答はごく短い。

「請求額に間違いはありません」

「ほ、本当ですか？」

「ええ。今回は私ではなく、文緒さんにほとんど対応を頼んでしまったので」

伯母は困惑した顔をしつつ、傍らに置いていたショルダーバッグから茶封筒を取り出した。中に紙幣が入っているようだがほとんど厚みがない。

伯母が差し出したそれを受け取り、宗隆はきっちりと頭を下げた。

「幻香師としてはまだまだ未熟な弟子の仕事です。本来ならお金をいただくのもご遠慮したいくらいですが、せっかくの文緒さんの初仕事ですから」

そう言って、宗隆は茶封筒を文緒に手渡した。とっさに受け取ったはいいものの目を瞬かせる文緒を見て、おかしそうに笑う。

「初給料だ」

手の中で、茶封筒がかさりと音を立てた。

宗隆を見上げたきり、文緒は口を開くこともできない。文緒はずっと、自分のせいで怪我をしてしまった宗隆に何かお詫びがしたくて、でも常識人の宗隆が無給で世話を焼かれることに難色を示したので、口実として弟子になりたいと言い張った。宗隆だってそれは察しているはずなのに、思いがけず本当の弟子のように扱われて言葉を失った。

もしもこのまま宗隆の弟子でいられたら、それはどんなにいいことだろう。

宗隆の作る美しい香炉や組紐のように、自分の菓子にも誰かに魔法をかけられる力があったら。そうしていつか、弟子という理由だけでなく隣にいることを宗隆に望んでもらえたら、どんなにか――。

「よかったじゃない、文緒。貴方本当に幻香師になるのねぇ」

何も知らない伯母が明るい声を上げ、文緒ははっと我に返る。

危なかった。危うく願ってしまうところだった。

文緒は余計な考えを振り払うと、宗隆に向かって深々と頭を下げた。

「師匠、ありがとうございます。遠慮なくいただきます」

近く、自分はこの家を去ることになるだろう。そうなれば先立つものは必要だ。伯母にも併せて礼を言えば、「よかったわぁ」と笑顔を向けられた。

「この前いただいたお守りのおかげか、うちのお店も少しずつお客さんが来てくれるようになったし。文緒も三ノ宮さんのお弟子さんになれてよかったわね。最初は若い男女が同じ屋根の下に二人きりだなんて心配したけど」

「お、伯母さん……！」

妙なことを言われてはたまらないと身を乗り出した文緒だが、伯母は「今は心配してないわよ」とからりと笑った。

「それにほら、三ノ宮さんてあの方でしょ？　病院で会った魔法使い」

弱り顔で黙り込んでいた宗隆が目を瞬かせる。不意打ちに、文緒は伯母の言葉を止めることもできない。

「もう十年も前の話かしら。泣いている文緒にお守りをくれた方じゃない？」

「あっ、お、伯母さん、ちょっと……！」

まさか伯母が宗隆の顔を覚えていたとは思わなかった。父の病室の窓から、今まさに病院を出ていこうとしている宗隆を指さして「あのお兄さん魔法使いなんだよ！」と文緒が教えたのは一度きりだったはずだ。

宗隆は怪訝な顔で「病院でお守りを？」と繰り返す。

「ええ。あのときは三ノ宮さんもまだ学生さんみたいな顔をしていたから見違えちゃった。でも、これを見たら思い出してもらえるんじゃないかしら」

伯母が笑顔でショルダーバッグから取り出したのはクリアファイルに挟まった写真だ。

文緒が身を乗り出すより先に宗隆はそれを受け取り、文緒に奪われぬよう天井に向けてファイルを掲げた。

あぁ、と文緒の口から掠れた声が洩れる。

ファイルに挟まれていたのは古い写真だ。隅には十一年前の日付がプリントされている。

中央に写っているのはベッドに座る男性。薄青い病衣を着て、頬の削げ落ちた顔に薄く笑みを浮かべている。文緒の父だ。ベッドの傍らには、今とあまり外見が変わっていない伯母と伯父の姿もある。

さらにもうひとり、文緒の父親の隣に、首元のよれたTシャツに短パンを穿いた子供の姿があった。髪は短く刈られ、日焼けした顔に満面の笑みを浮かべた小学生くらいの子が、紙皿に載った小さなケーキを両手で持っている。

宗隆はケーキを持った子供を見て、目を見開く。

「……この男の子は」

その言葉を聞きつけ、伯母は弾けるように笑った。

「男の子じゃないわ！　それは文緒よ！」

見開かれた宗隆の目が一層大きくなった。宗隆はしばし啞然とした顔で写真と文緒を見比べ、突如写真を放り出すと猛然と文緒の肩を摑んだ。

「お前、あのときの坊主か！　本当に⁉」

文緒はこの場から消えてしまいたくなって、両手で顔を覆う。当時の文緒は父親と二人暮らしで、身なりに気を遣う余裕などなかった。髪だって自分で適当に切っていたから坊主に近い。文緒自身忘れたい過去なのに、写真まで持ち出されてしまうなんて。

顔を上げられない文緒を見て、伯母は楽しげに声を立てて笑った。

「今の姿を見るとびっくりよねぇ。あの当時の文緒、女子トイレに入ると中にいる女の人たちから悲鳴を上げられてたもの」

宗隆は文緒の肩を軽く揺すって「どうして言わなかった」と詰め寄る。

「だ、だって、当時の師匠は完全に私を男の子扱いしてたし、それにあのとき私、師匠にひどい態度を……」

「あら、文緒ったら何したのよ」

伯母も面白がって身を乗り出してきて、文緒は顔を伏せた。

「木の上から、師匠に向かって枝を投げました……」

「やだ、どうしてそんな猿みたいな真似を」

「だって！　泣いてるところ見られたくなかったから！」

自棄《やけ》になって文緒は声を張り上げる。

あの日、いよいよ父が危ないとなって、文緒は病院内をさ迷いながら泣いていた。せめて人目につかない場所をと思ったがなかなか見つけられず、それで敷地の隅に植えられていた木に登ってひとりさめざめと泣いていたのだ。

そうしたら、誰かが木の下から声をかけてきた。

「どうした」と尋ねてきたのは背の高い青年だ。文緒は無視したが、相手は諦めず「下りられなくなったのか」と声をかける。あっちに行って、と言うこともできないぐらいむせび泣いていた文緒は、無言で傍らの枝を折って下にいる人物に投げつけた。

今思えばひどい態度だったと思う。相手は心配して声をかけてくれたのに。

しかし木の下にいる人物は動かなかった。ばらばらと落ちてくる木の枝を黙って受け止め、柔らかな声で「大丈夫なのか」と繰り返す。

あのときの優しい声を思い出すと今も胸が詰まる。父がいなくなったらひとりきりで、もう誰を頼ることもできないと絶望していた文緒にとって、木の下から響いてきた優しい声は、最後の救いのように思えたからだ。

文緒が泣きじゃくる間、相手はただじっとそこに立っていた。ようやく文緒の呼吸が整ってくると、再び「下りられそうか？」と声をかけてくる。

意地を張る気力も尽き、ずるずると幹を伝って地面に下りた文緒が出会った人物こそ、宗隆だ。

宗隆は病院の売店で文緒にジュースを買ってくれ、休憩所のベンチで文緒が泣いていた理由を尋ねてくれた。入院している父親のことを告げると、宗隆は少し考え込むような顔をしたあと、ズボンのポケットから赤い組紐のお守りを取り出した。

「このお守りに願い事をするといい」

涙の名残でぼやけた視界の中でも、赤い組紐は鮮やかだった。お守りを見詰める文緒の頭に手を置いて、宗隆は静かだけれど確信のこもった声で言った。

「大丈夫だ。君の願いはきっと叶う。俺がこのお守りに魔法をかけておいたから」

あのときの、大丈夫だ、という短い言葉が、その後の文緒の背中を支えてくれたのだ。

「あのとき文緒を慰めてくれた男の子に、まさかこんな形で再会するなんて」

俯いたきり顔を上げられない文緒と、そんな文緒をまじまじと見詰める宗隆を交互に見て、「ご縁かしら」と伯母は朗らかに笑った。

結局、代金を支払った伯母は当時のことを語るだけ語り、すっきりした顔で帰っていった。

玄関先まで伯母を見送ったあと、宗隆は改めて文緒を見下ろす。

「あのときの坊主が、まさかこうなるとは……」

「……だから言いたくなかったんです」

しげしげと見詰められ、胸に顎がつくほど深く俯いた。身なりに構わなかった当時の自分を宗隆が思い浮かべているのかと思うと、恥ずかしくて今すぐこの場から逃げ出したい。

宗隆はしばらく文緒を眺めてから、口元に微苦笑を浮かべた。

「どうりで、あのときの坊主を探しても見つからないわけだ」

思わぬセリフに羞恥も忘れて顔を上げる。宗隆に探されていたとは夢にも思わなかった。なんの理由で、と考えて、文緒ははっと顔を強張らせた。

「そういえば、あのときの依頼料払ってないです！」

宗隆は文緒の言葉を笑い飛ばして踵を返す。

「依頼料なんてもらえるわけないだろう。当時はまだ俺も師匠の下で修業をしていた身だ。お守りだって、さほど効果はなかったんじゃないか?」

「そんなことないですよ!」

宗隆を追いかけ、文緒は力強く言い切る。

「でも、父親はあれからすぐに亡くなったんだろう?」

「だけど数日は持ちこたえてくれたんです! あの日が峠だって言われてたのに」

「たった数日じゃないか」

「その数日のおかげで、私は伯母と会えました」

宗隆が不思議そうな顔をする。文緒は宗隆を居間に引っ張り込み、ダイニングテーブルに向かい合って座るや切り出した。

「私の両親、駆け落ちしたんです」

文緒の祖父は、三代続く和菓子店の社長だった。ひとり息子だった文緒の父は、大学を卒業したあと、一般社員として実父が社長を務める和菓子店に就職したそうだ。最初から役職に就くこともできたのに、社内の様子を知っておきたいからとわざわざ社長の血縁であることを隠して働いていた。

そんな中、父は同じ部署で事務員をしていた文緒の母と出会った。二人は惹《ひ》かれ合い、結婚の約束もしていたが、突如文緒の父に縁談の話が持ち上がる。

「相手は銀行家の娘さんだったらしいです。その頃、お店がちょっと傾いていて、融資を通しやすくするとか、いろいろ思惑があったみたいで……。でも、そのときにはもう母のお腹には私がいて、それで父は、縁談を蹴って母と一緒に駆け落ちしたそうです」

文緒の父は父親から勘当され、親族たちとも一切連絡を取れなくなった。

さらに、文緒が生まれてすぐに母が事故で他界。文緒の父は幼子を抱え、誰に頼ることもできずひとりで文緒を育てることになった。

「母方の親族を頼ることはできなかったのか？」

遠慮がちに挟まれた言葉に、文緒は首を横に振る。

「父があまり語りたがらなかったので詳しいことはよくわからないのですが、母は寂しい境遇の人だったみたいで、両親や兄弟、親族なんかもいなかったそうです」

文緒の父は、幼い子供を抱えてろくに働くこともままならぬ状況で文緒を育てた。文緒がひとりで留守番できるようになってからは朝も夜もなく働いて、働いて、働いて、それでとうとう体を壊したのだ。文緒が小学校に通う頃には、月の半分を日雇いの仕事に費やし、残りは何かしら体調を崩して布団から出られぬ状態になっていた。

文緒の金銭感覚はこのときに鍛えられた。日に日に痩《や》せていく父親にこれ以上無理をさせるものかと、縁もゆかりもない他家の畑に乗り込み仕事を手伝って野菜をもらった。それでも足りなければ道端に生えている草でも食べた。父親も必死だったが文緒も必死だった。そうやってなんとか日々を凌いでいたとき、いよいよ父が倒れたのだ。

最後まで病院に行くことを渋っていた父は、末期の癌だった。

「受付に到着するなり昏倒《こんとう》して、そのまま入院したはいいものの、もう、明日にもどうなるかわからないような状態でした」

病室のベッドの上で、父親は血の気の失《う》せた顔を晒《さら》して眠っていた。文緒の呼びかけにも答えず弱々しい呼吸を繰り返す父親を見たときの、寄る辺ない気持ちを思い出す。

「もう駄目だ、と思いました。これまで父と二人でなんとか踏ん張ってきたけれど、もうここが行き止まりなんだって」

涙が出てきて、でも父の前では手放しに泣けず、文緒は病室を飛び出して木の上で泣いていたのだ。

文緒は宗隆からもらったお守りの感触を思い出すようにそっと手を握る。

「私、師匠のお守りを握って必死でお願いしました。私と父を守ってくださいって。そうしたら、翌日父が目を覚ましたんです。もうこのまま意識も戻らず亡くなるかもしれないってお医者さんからは言われてたのに。それどころか喋ったんですよ」

目覚めた父は、切れ切れの声で文緒に言った。「今から言うところに電話をかけてくれ。それで、父さんが入院していることを伝えてくれ」と。

文緒はロビーの公衆電話から父に教えられた番号に電話をかけ、電話に出た女性に父親が入院していることを伝えた。相手はひどく驚いた様子を見せながらも文緒から病院の名前を聞き出し、半日後には病室まで駆けつけてくれた。

その相手こそ、勘当されて以来一度も連絡を取っていなかった伯母である。そのときまで、文緒は父親に姉がいることすら知らなかった。

病室に現れた伯母は父を見るなり「どうしてもっと早く連絡してこなかったの！」と怒鳴って、泣いた。父はぼんやりと瞬きをして、「姉さん、ごめん」と言い、少しだけ笑った。

「もともと伯母と父は仲のいい姉弟《きょうだい》だったみたいです。だからこそ、父は伯母を頼れなかったんだと思います。当時、伯母はもう結婚して家庭を持っていましたし。父の援助をすることで、伯母が祖父の不興を買ってしまうのも避けたかったのかもしれません」

だが生死の境をさ迷い、まだ小学生の文緒をひとり残して逝《い》かなければいけないと悟って吹っ切れたのだろう。父はやってきた伯母に「どうか文緒を頼みます」と頭を下げた。

「父が亡くなったのは、それから一週間ほど経ってからです」

すでに祖父母は亡くなり、和菓子屋も倒産して、伯母は誰はばかることなく毎日のように病室を訪れてくれた。先程伯母が持ってきた写真は、父が亡くなる二日前。ちょうど父の誕生日で、文緒が手作りのケーキを作って病室に持ち込んだときのものだ。

ケーキを食べることこそできなかったが、父は安心しきった顔でこの世を去った。

「あの夜、父が峠を越えられたのは、師匠からもらったお守りのおかげだったんだって私は信じてます。だから感謝してもしきれないんです。あのお守りがなければ、伯母を頼ることもできず路頭に迷っていたはずなんですから」

文緒は姿勢を正すと、宗隆に向かって「ありがとうございました」と深く頭を下げた。

しかし宗隆は口元に手を当て、よしてくれ、と首を振る。

「あの頃は俺もまだ修業中だったんだ。そんな大それた効果があったとも思えない。それどころか……」

中途半端に言葉を切った宗隆の表情は深刻そのもので、どうしました、と文緒は首を傾げる。

宗隆は逡巡するように口をつぐみ、ややあってからようやく重い口を開いた。

「あの頃作ったものなんて、本来他人に渡していい完成度のものじゃない。当時もそれが気になって、あとからもう一度お前に会いに行ったんだ。何か、よくない効果が出てしまうかもしれないと思って」

「そういえば、父の意識が戻ったあとも一度病院で会いましたよね。でも、あの後も何も悪いことなんて起きませんでしたよ」

思い当たる節もなかったのでそう返したのだが、宗隆はやはり厳しい顔のまま、文緒を見詰めて目を眇めた。

「……前々から思ってたんだが、お前の気の巡り方はおかしい。周囲の気を急速に取り込んで、発散して、何も残らない。破れた水風船みたいだ。何かを始めると最初は上手くいくのに、最後は元の状態か、それより悪い状況になる、なんてことはないか？」

文緒は驚いて目を丸くする。自分の人生はまさにそんなことの繰り返しだ。

文緒の表情を読んだ宗隆に「いつからだ？」と鋭い口調で問われ、目を泳がせる。

いつから。いつからだろう。考えて、ふいに心臓がリズムを崩した。

「……父が亡くなってから、のような、気がします」

宗隆の表情がぐっと険しくなった。

「不自然な気の巡りは、あの未熟なお守りのせいかもしれない。多分、お前の不幸体質とも何か関係がある。お守りはまだ持ってるか？　上手くすればその妙な気の回りをどうにかしてやれるかもしれない」

口早にまくし立てられ、文緒は弱り顔で首を横に振った。

「さすがに捨てたか……。十年以上前だもんな」

「いえ、違うんです、捨てたというか……」

言ったらどんな顔をされるだろう。怖いような気もしたが隠しておくべきではないと思い、この十一年誰にも言っていなかったことを文緒は打ち明けた。

「お守りは、呑み込みました」

焦燥を滲ませていた宗隆の顔から表情が抜け落ちる。何？　と身を乗り出してきた宗隆に、文緒はもう一度言った。

「呑み込んでしまったんです。口に入れて、食べた、と言った方が正しいでしょうか」

宗隆は表情もなく文緒の顔を見詰め、ようやく意味を理解したのか、両手で頭を抱え込んだ。

「道端に生えている草まで食べるのは知ってたが、そんなに腹が減ってたのか……！」

「ち、違うんです！　空腹に耐えかねて食べたわけじゃないんです！　昔、そういうオリンピック選手がいたんです！」

文緒はその光景を、テレビのドキュメンタリー番組で見た。主役は女子水泳選手で、日本人女子として初めて金メダルを取った人物だ。

その選手は『日本に是非金メダルを』という日本国民の重圧に呑まれ、試合の前に日本から持ってきた紙のお札を水で呑み込んだらしい。もう神様に祈るしかない、という気持ちの表れだったのだろう。そして彼女は見事金メダルを獲得した。そのエピソードが、子供心に強く印象に残っていたのだ。

お守りをもらった日、父の病室に運び込まれたつき添い用ベッドに横たわってお守りを握りしめていたら、ふいにその番組を思い出した。神懸ったものを体の中に入れれば、何かが変わるかもしれない。

日本国民のプレッシャーを一身に背負っていた選手と同じく、文緒もまた追い詰められていた。金メダルが取れなければ死ぬしかないと思った選手と、父がいなくなったら生きる当てはないと思い詰める文緒は多分同じ顔をしていて、だから同じことをした。

お守りは、細く編んだ糸を輪っかにして、玉結びの飾りをつけたシンプルなものだ。文緒はお守りを水で濡らし、大量の水と一緒に呑み込んだ。我ながらよく途中でえずかなかったものだと思うが、それだけ必死だったのだろう。

その夜、文緒は熱を出した。異物を呑み込んだせいか、父親を案じたせいかはわからない。朦朧としながら、夢を見た。

夢の中で、文緒は何度も赤い組紐のお守りを呑み込んでいた。現実には水で押し流してしまったので喉を流れていく感触など定かでないのに、夢の中でお守りは滑らかに喉の奥へと落ちていった。玉結びの飾りは喉を落ちるうちにガラスの球に変化して、腹の底で溶けて、砕けて、全身に拡散されていく。

高熱を出したときに見る夢は、どうしてか同じ行動を繰り返すものが多い。資料に延々と判子を押し続けていたり、誰かの家のドアを叩き続けていたり。

文緒もまた、何度も何度もお守りを呑む夢を見た。

腹の底で赤い光が砕けては、体内に溶けて広がり体の芯まで赤く染めていく。

明け方、目を覚ますとすっかり熱は引いていた。

文緒の父親が意識を取り戻したのは、それから数時間後のことだ。

「それ以来、強く願えば大抵のことはなんでも叶うようになりました。でも、一ヶ月程度で願いが叶う前の状態に戻ってしまうんです」

他人に話せば「偶然だ」「気のせいだ」と笑い飛ばされる内容だが、度重なる経験上、文緒はそれを避けられない事実だと感じている。だから文緒は、未だに強く何かを願うことを避けてしまうのだ。

説明を終えて顔を上げると、宗隆が鬼のような形相で文緒を見ていた。

「……お守りを、本当に呑んだのか」

唸るような声で言ったと思ったら、今度は深く俯いて髪をかきむしった。文緒が声をかけてもしばらく動かず、俯いたままぼそぼそと何か喋り始める。

「お守りの原理は、前に教えたな……。他人の魂光をまとわせたものを持っていると、持ち主の魂光と反発し合って悪い気を寄せつけなくなる」

「は、はい。覚えてます」

「だが、一番即効性があるのは他人の魂光を体内に入れること。食べることだ」

あっ、と文緒は声を上げる。

宗隆はつい先日までサポーターの巻かれていた右手をさすり、抑揚乏しく続けた。

「その代わり、すぐに排出されてしまうから持続力は短い……はずなんだ、本来は。でも、お前がお守りを呑み込んだのは十年以上前なんだろう?」

宗隆はがばりと顔を起こすと、文緒の腹の辺りを凝視した。何か見定めるように目を細め、掠れた声で呟く。

「お前の場合は、本来排出されるはずの他人の魂光が、体の内側で定着してる。夢のせいか……? 体の中に拡散されるイメージを持ったから?」

「そ、そういうことはよくあるんですか?」

「滅多にない」と即答して、宗隆は両手で顔を覆った。

「だが、やり方としては間違ってない。幻香師が最初にやる修業は瞑想だ。体の中に気が巡っているイメージをすることで、自分の魂光をコントロールしやすくする。このイメージを摑めるかどうかが幻香師の能力を伸ばせるか否かの分かれ道にもなる」

宗隆は指の隙間から溜息を漏らし、力ない口調で続けた。

「つまり、お前は夢を介して強いイメージを持ってしまったんだ。自分の体の中に他人の魂光が広がって、溶けて、定着する。そうやって、俺の魂光を未だに抱え込んだままでいるんだろう」

「そんなこと、可能なんですか?」

「現にやってるじゃないか」

顔を覆っていた手を下ろし、宗隆は怖いくらい真剣な顔で言った。

「もしかするとお前は本当に、恐ろしく才能のある幻香師になるかもしれない」

「まさか！　だって私、今まで何をやっても上手くいかなくて……」

「それだって俺のお守りを呑み込んだせいだろう？　気の巡りが不安定で、抱えた端からすべて手放す。俺があんなお守りを渡したからだ……」

宗隆の目に強い後悔が過ったのがわかって、文緒は慌てて身を乗り出した。

「でも、結果として私は伯母に会えたんですし、お守りを呑み込んだのは私の勝手な判断です。師匠が気に病むようなことじゃないですよ！」

立ち上がった勢いでテーブルがガタついた。宗隆は大きな音で我に返ったような顔をしたものの、すぐ苦々しい表情に戻って顔を伏せてしまう。

「師匠……！」

「わかってる。……大丈夫だ」

これまで何度も耳にしてきた宗隆の「大丈夫だ」が、初めて空々しく聞こえて声を失う。

父が危篤のときでさえ、あの言葉は魔法のように文緒の不安を薄めてくれたのに。

俯いた宗隆は強い罪悪感に苛《さいな》まれているのが明らかで、文緒はこれ以上どんな言葉を口にすればいいのかわからない。

「本当に、師匠には感謝しかしてないんですよ……」

心細い声でそう伝えてみたが、宗隆は小さく頷いただけで顔を上げようとはしなかった。

＊＊＊

その日を境に、宗隆が作業場から出てこなくなった。

「しばらく作業に集中したい」と言って、食事の時間さえ外に出ない。文緒は三度の食事を作業場の前に置いて、声をかけることもできず引き返すばかりだ。

宗隆との会話がなくなると、途端に手持ち無沙汰になってしまう。これまでは宗隆が仕事の合間に組紐の編み方だの草木染めだの瞑想だのを教えてくれた。今も自主的に勉強はしているが、講義がなくなるとどうしても暇な時間が増えた。

（昔のことなんて言わなければよかった）

作業場に昼食を届けたあと、自分も簡単な食事を済ませて文緒は家を出る。スーパーに夕食の材料を買いに行くためだ。もう野草を摘んでくる必要もなく、食材の調達に費やす時間は前より格段に短くなった。それも文緒が暇を持て余している一因だ。

とぼとぼと雑木林を下っていると、頭上で鳥たちが一斉に飛び立った。音につられて空を見る。木々の間を鳥の影が横切ったと思ったら、前方で聞き覚えのある声がした。

「こんにちは、石榴堂のお弟子さん」

前を向くと、道の向こうに柊木が立っていた。灰色の髪の先だけ緑に染め、首元にジャラジャラとアクセサリーをつけた派手な格好が相変わらず雑木林の中で浮いている。

柊木はこちらに向かって歩きながら、文緒の顔を見て目を眇めた。

「なんだか落ち込んでる?」

言い当てられてドキリとした。顔を隠すように俯けば、柊木に喉の奥で笑われる。

「君、相変わらず凄くわかりやすいね。安心した」

また顔に出てしまったか。返す言葉もない文緒に、柊木は屈託なく笑いかけた。

「今日は宗隆の様子を見に来たんだ。ここ二、三日、片っ端から依頼を断ってるって聞いたけど何かあった?　また怪我でもしたとか?」

弾かれたように顔を上げれば、柊木が文緒の前で足を止める。

「……師匠が依頼を断ってるって、本当ですか?」

「そうだよ。知らないの?」

弟子なのに?　とでも言いたげな柊木の目を見返せない。文緒は再び俯いて、消え入りそうな声で言った。

「師匠は最近、ずっと作業場にこもっているので……」

「へえ、依頼は軒並み断ってるのに?　どうして?」

文緒は無言で首を横に振る。わかるはずがない。文緒だって、宗隆が作業場にこもっているのは何か依頼品を作っているからだと今の今まで信じていたのだから。

「もしかしてまたスランプ？　あいつああ見えて結構繊細なところがあるから、すぐに創作意欲失っちゃうんだよね」

柊木は笑いながら言うが、文緒は一緒に笑えない。宗隆がスランプに陥った原因は、まさか自分が宗隆のお守りを呑んだせいか。それで妙な不幸体質になってしまったから、責任でも感じているのか。

立ち尽くす文緒に、柊木は身を屈めて尋ねる。

「何かあった？　相談に乗ろうか？」

声は予想外に優しくて、思わず柊木の顔を見返した。派手な髪色や服装に反して、柊木の表情は真摯だ。迷いを見せる文緒に、一転して砕けた顔で笑ってみせる。

「これでも俺、あいつとは結構つき合い長いよ？」

不覚にも心がぐらついた。宗隆が作業場に引きこもってからすでに三日だ。他人とお喋りをすることもなく過ごす時間は心細くて、誰かに話を聞いてもらいたいと思っていたところでもある。

かなり長いこと迷ってから、文緒は思い切って口を開いた。

「少し、話を聞いてもらえますか？」

柊木は目を細め、もちろんと頷いた。

場所を駅前の喫茶店に移し、文緒は十一年前に宗隆と出会ったときのことを柊木に話した。

ときどき文緒の話が前後すると、柊木は適切な質問を挟んで軌道修正してくれる。思った以上に聞き上手で、文緒も問われるまま包み隠さず当時のことを語った。自分の不幸体質が宗隆のせいではないことをどう本人に納得させればいいのか、同じ幻香師の柊木なら何かわかるのではないかと藁《わら》にもすがる思いで。

話を終える頃には、テーブルに運ばれた紅茶はすっかり冷めてしまっていた。柊木はそれに口をつけ、「お守りか」と呟く。

「宗隆が君に渡したのは、赤い組紐のお守りで間違いない？」

「はい。少し暗い赤でした」

「玉結びの飾りがついた？」

頷いた文緒を見て、柊木は口元を手で覆う。どうかしたのかと尋ねてもすぐには返事がなかった。迷うように視線が揺れ、ややあってからようやく口を開く。

「君のお父さんが入院していたのって、厚田《あつた》病院だった？」

病院の名前を言い当てられて文緒は目を丸くする。話の途中、一度も病院の名前は出していなかったのに。驚きつつも頷けば「やっぱり」と柊木は顔を顰めた。

「多分そのとき、俺も同じ病院にいた。師匠のつき添いで」

「どうしてそんなところに……」

「そこにちょっと大物の政治家が入院してたんだ。それでうちの師匠が呼び出された。病気がいつ治るか、退院したあと自分の立場はどうなるか占え、なんて下らない内容だったけど、政治家は金払いがいいからね。師匠も丁重に対応してたよ」

宗隆と柊木は師匠のつき人として病院までやってきたが、依頼人の病室に入れるのは師匠だけだ。師匠が仕事をしている間、病院のロビーで過ごすよう言いつけられた。

「あの頃は俺たちもまだ幻香師見習いだったから、毎日のように師匠から課題が出たんだよ。一日五本は組紐のお守りを作れ、とか」

「じゃあ、もしかして病院のロビーでも組紐を……？」

「編んでたねぇ。高校生ぐらいの男が二人、テーブル占拠して黙々と組紐編んでるんだから、あのときは悪目立ちしたな」

柊木の顔に懐かしそうな笑みが浮かんだが、それは一瞬でかき消える。

「作業に没頭してたんだけど、ふと顔を上げたら隣に座ってるはずの宗隆がいなかった。よく見たら、テーブルに置いておいた俺のお守りも一本消えてたんだ」

柊木が言葉を切って文緒を見る。わかる？　と目で問われたが、文緒は頷かなかった。

まさかと思う気持ちが強く、頷けない。

文緒の頑《かたく》なな表情を見て、柊木は困ったような顔で笑う。

「宗隆は俺のお守りを一本盗んだんだよ。そのまま姿を消して、しばらくして戻ってきたけどそのときはもう俺のお守りを持ってなかったし、盗《と》ってないの一点張りだった」

文緒は膝の上で両手を握りしめる。心臓が激しく胸を叩いて苦しい。

宗隆は以前、他人から物を盗んでしまったことがあると言っていた。それに宇田川の仕事を回してきた柊木に対して、あてつけか、ともぼやいていた。

「多分、君があいつからもらったお守りは、俺が作ったものだよ」

断定的な口調で言って、柊木は紅茶を一口飲む。文緒はカップに手を伸ばすことも忘れ、柊木の喉元が動くのを見詰めるばかりだ。

「宗隆は、俺が作ったお守りに自分の魂光を込めて君に渡したんだろう。でも、あのお守りには俺の魂光も入ってたからね。二人分の魂光をまとったお守りを呑み込んだせいで君はそんな体質になったのかもしれない」

カップをソーサーに戻し、「だけどあんまり宗隆を責めないでやってね」と柊木は眉を下げる。

「宗隆はきっと、本当に君のことを心配してたんだと思う。俺のお守りを渡したのは、俺の作ったものの方が出来がよかったからじゃないかな。その分効果があると思ったのかもしれない。あの頃あいつ、本気で不器用だったから。悪気はなかったんだよ」

「わかってます、師匠を責めるつもりなんてありません。師匠は私の恩人なんです」

焦れた口調で訴える。結果はどうあれ、自分は宗隆のお守りに救われたのだ。そう伝えたかったのに、柊木はむしろ渋い表情になってしまう。

「……あのさ、こんなこと言ったら気を悪くするかもしれないけど、君のそういう態度が宗隆のこと追い詰めてるんじゃないの？」

思いがけない切り返しに文緒は言葉を詰まらせる。

柊木はテーブルに身を乗り出して、淡々とした口調で続けた。

「宗隆の奴、最近作業場にこもって出てこないんだろう？　君からそうやって恩人扱いされるのが耐えられないんじゃないの？　君がどんなにあいつを庇っても、宗隆のやったことは君の運命を変えることに等しかったんだから。慕われれば慕われるほど、罪悪感も強くなると思うよ？　スランプに陥って依頼も受けられなくなるくらい」

文緒は愕然とした顔で柊木を見返し、掠れた声で呟く。

「じゃあ、全部、私のせいで……？」

柊木は頷くことこそしなかったが、瞳は雄弁に文緒の言葉を肯定していた。文緒から目を逸らし、店内に視線を漂わせて独白めいた口調で言う。

「宗隆もこの頃依頼が増えてきたところなのに、こんなところで立ち止まらせるのは惜しい。あいつが君にしたことは謝って許されることじゃないけど、あの頃は宗隆だって幻香師見習いに過ぎなかったんだ。知識不足でしでかしたことは許してやってほしい」

「……許すなんて、私、師匠には感謝しかしていないんです、本当に」

「だったら、これ以上あいつを追い詰めないでやってくれないか」

柊木の視線が文緒のもとに戻ってくる。

「あいつに過去の過ちを思い出させないでやってくれ。君が側にいる限りあいつは作業場から出てこないし、新しい依頼を受けることもできないだろう」

文緒は血の気の引く思いで柊木の言葉に耳を傾ける。胸を占めるのは驚きや落胆より、諦観の方が強かった。いよいよこのときが来てしまった、と。

望めば叶うが、最後は崩壊する。最初からわかっていた。今回は、少しだけ終わりが訪れるのが遅かっただけだ。

でも、もう十分だろう。

「……私、近々あの家を出ます。明日にでも」

「どこか行く当てがあるの？」

一瞬伯母の顔が浮かんだが、打ち消すように首を横に振った。もう誰も頼らないと決めたはずだ。

柊木は探るような顔で文緒を見て、あのさ、と潜めた声で切り出す。

「行くところがないのなら、うちに来る？」

文緒は緩慢に顔を上げ、またゆっくりと首を横に振った。

「この通り私は妙な体質をしているので、柊木さんまで不幸に巻き込んでしまいます」

「なんだ、そんなことなら気にしないでよ」

柊木は笑って自身の胸を叩く。

「俺も幻香師だからね。あらかじめ君の体質がわかっているなら自衛のしようもある。俺の心配はしなくていいから、困ってるなら頼ってよ」

力強い言葉だった。実際のところ、行く当てのない文緒にはありがたい申し出だ。柊木ならば、文緒を取り巻く不幸も上手いこと避けてくれる気もする。

しばし逡巡したものの、柊木の申し出を突っぱねた後どうするかなど思いつくはずもなく、文緒はおずおずと柊木に尋ねた。

「本当に、ご迷惑ではありませんか……?」

「もちろん。なんなら正式にバイトとして雇ってもいいよ。俺の仕事を手伝ってもらいたい。そうすれば、君も気兼ねなくうちにいられるだろう?」

願ってもない提案だ。とにかく自分は、一刻も早く宗隆から離れなければならない。

文緒は居住まいを正し「お世話になります」と柊木に頭を下げた。

＊＊＊

柊木の助言で、文緒は宗隆に何も告げず家を出ることになった。

本当はきちんと挨拶をしたかったのだが、「面と向かって出ていくなんて言ったら、あいつのことだからきっと君のこと止めるよ。変に情に厚いから」という柊木の言葉を否定しきれなかった。文緒だって引き留められればきっと抗《あらが》えない。文緒が出ていった経緯は柊木から連絡しておいてくれるというので、その言葉に甘えることにした。

柊木の行動は早く、喫茶店で話をしたその日のうちに、真夜中の闇に紛れるように宗隆の家へやってきた。その手に導かれ、文緒は身の回りのものを詰めたボストンバッグだけ持って宗隆の家を出た。

雑木林に向かう途中、最後に一度だけ宗隆の家を振り返る。この家で過ごした一ヶ月の出来事が頭を過って足が止まりそうになったが、想いを振り切り柊木に続いた。

雑木林を抜けた先に停められていた柊木の車に乗り込み、やってきたのは都内のマンションだ。柊木は同じマンションの別フロアにもう一部屋借りていて、ひとつを自宅、もうひとつをアトリエとして使っているらしい。さらにことは別に事務所も持っているそうだ。同じ幻香師でも、宗隆とはだいぶ暮らしぶりが違う。

アトリエは内装を改築したのか、部屋と部屋を仕切る壁がすべて取り払われていた。仮眠用の小さなベッドが置かれた寝室がある以外は、キッチンにさえ仕切りがない。だだっ広い部屋に、作業台らしき大きなテーブルとソファーだけが置かれている。

「何もなくて申し訳ないけど、しばらくはここで生活してくれないかな。そのうち家具とか必要最低限のものもそろえるから」

「いえ、そんな。十分です。ここにも、そんなに長居するつもりはありませんので」

柊木のもとでアルバイトをして、まとまった資金が貯まったらすぐにでもアパートを探すつもりだったが、柊木は「急がなくていいよ」と気軽に言う。

「君さえよかったら、しばらくアトリエで俺の仕事を手伝ってほしい。作業の仕上げをしてほしいんだ。俺も宗隆と一緒で、陶器を作ったり香を調合したりしてるから」

もともとアルバイトという名目で柊木のもとに身を寄せることになったのだ。すぐにでも仕事を手伝うつもりでいたが、間の悪いことに柊木の部屋にやってきた翌日、文緒は熱を出してしまった。

体を起こせないほどではないのだが熱っぽくだるい。そんな状態の文緒を見て「しばらくはゆっくり休んだ方がいい」と柊木は言ってくれた。

しかし翌日になっても、その翌日になっても文緒の熱は下がらない。

柊木の部屋に来てから四日目の午後。まだ日も高いというのに寝室のベッドに横たわり、柊木、文緒は片手で目元を覆った。

（困ったな……全然柊木さんの仕事が手伝えない）

柊木も文緒の体調を慮《おもんぱか》ってか、滅多に部屋にやってこない。今はアトリエで制作をするより事務所の仕事が忙しいそうで、マンション自体に戻ってきていないようだった。

文緒は柊木からアトリエの鍵と、一ヶ月は優に暮らせる金額の入った財布を預かっている。何かあったらアトリエの固定電話から柊木の携帯電話に連絡ができるよう番号も聞いているが、実際連絡をしたことはない。柊木からの連絡もない。

（静かだな……）

物音ひとつしないアトリエでぼんやりしていると、どうしても宗隆のことを考えてしまう。作業場にこもっていた宗隆は今頃どうしているだろう。柊木は、文緒が家を出た経緯を宗隆に伝えてくれただろうか。昨日、今日と柊木とは顔を合わせていないので確かめることもできない。

（冷蔵庫の中に作り置きのおかずを詰めてきたけど、師匠、気がついてくれたかな）

気がついても、勝手に出ていった文緒の作った料理など食べないだろうか。そうでなくとも実家にはお抱えシェフがいた人だ。まとまった金も入ってきて、今更文緒の作る家庭料理に箸をつけてくれるかもわからない。

（やっぱり、ちゃんとお礼を言うべきだったな……）

文緒はぼんやりと天井を眺めてから、「よし」と口に出して言ってみる。言葉とは裏腹にのろのろと起き上がると、強い眩暈に襲われた。ずっと横になっているのに微熱は下がらず、眩暈もひどくなる一方だ。

息を整え、ひっくり返らないよう慎重にベッドから立ち上がる。

久しぶりに着替えて服に袖を通すと、少しだけ気持ちがしゃんとした。長く櫛《くし》を通していなかった髪も手櫛で整えてマンションの外に出る。

土地勘がないので多少迷ったが、すぐスーパーを発見した。店内をうろついて、文緒が手に取ったのはレターセットだ。せめて手紙で宗隆へ感謝の気持ちを伝えたかった。

ついでなので、食品売り場にも足を向ける。

柊木のアトリエにはキッチンがあり、一通りの調理器具はそろっている。しかし肝心の食材はなく、小さな冷蔵庫に冷凍食品がぎっしり詰め込まれているばかりだ。ここ数日は食べやすいリゾットなどをレンジで温めて食べていたが、そろそろ新鮮な野菜や果物が欲しかった。柊木からは「好きに使って」と財布を預かっていたが他人の金を使うのは気が引けて、伯母から依頼料としてもらった茶封筒を手にスーパーを回る。

野菜売り場に行くと真っ赤なトマトに目が行った。思い出すのは宗隆の家に残してきた菜園で、あの野菜たちはちゃんと収穫されるだろうかと想像して少し寂しくなった。

（最後まで、師匠にトマトを食べてもらうことはできなかったな……）

納豆はなんとか食べさせることに成功したが、トマトだけは駄目だった。彩りがいいばかりでなくリコピン豊富で体にいいのに。

真っ赤なトマトを見ていたらまた立ち眩みを起こし、売り場の端で少し休憩してから買い物かごにトマトを入れる。それからホットケーキミックスも購入した。

マンションに帰ると、文緒は早速台所に立った。

まずはトマトをざく切りにして、鍋で煮詰めてピューレを作る。続いてホットケーキミックスに玉子とピューレとバターを加え、最後に水分を調節しながら牛乳を加えた。

この四日間ずっと寝込んでいたので台所に立つのも久しぶりだ。ときどき足元がふらついてシンクの縁に両手をつく。じわじわと熱が上がっている気もしたが、文緒は作業の手を止めない。苦心しながら作ったのは、トマトピューレを練り込んだクッキーだ。

宗隆には一ヶ月も世話になった。せめてその礼がしたい。手紙だけでは足りない気がして、だから菓子を添えることにした。苦手なトマトなど入れたら嫌がらせかと思われてしまうだろうか。でも、納豆だって調理次第では食べられたのだ。トマトだって食べられるかもしれない。好き嫌いは少ない方がいいだろう。

ふらつきながらもなんとかクッキーを作り終えると、文緒はぐったりしてアトリエのソファーに腰を下ろした。たかが一時間台所に立っていただけなのに足元が覚束ない。急速に体力が衰えていくのを自覚してさすがに不安が募る。

窓から差し込む夕日をぼんやりと眺め、文緒は重たい瞼を上下させる。寝室に戻る気力もなくじっとしていると、玄関の鍵が開く音がした。

部屋に入ってきたのは柊木だ。ぐったりとソファーに凭れる文緒を見て眉を上げる。

「あらら、随分調子が悪そうだね？」

「……すみません、でも、少し休めばきっと……」

弱々しく受け答えをしていると、柊木が大股で部屋を横切ってソファーの前までやってきた。文緒の隣に腰を下ろし、正面からその顔を覗き込む。

「少し休めばよくなる？」

「はい、多分……」

「いや。そうは思えないね」

きっぱりと言い切られ、文緒は目を丸くした。

柊木は手を伸ばすと躊躇《ちゆうちよ》なく文緒の頬に触れ、なぜか落胆した顔で溜息をついた。

「……これまでずっと漏れっぱなしだったから、さすがに底を尽いたか。せめてもう少し持ってくれればな」

「あ、あの……？」

「困ったな。これじゃもう君に用はない」

そう言い放ち、柊木は文緒から手を離して本当に困ったような顔で笑う。文緒は何を言われたのかよくわからず、重たい体を無理やり起こして尋ねた。

「あの、漏れっぱなしって……？」

「魂光だよ。やっぱり自覚はなかったか。終始だだ漏れだったけど」

魂光とは体から漏れるオーラだ。それが外に出るのは普通のことではないのか。

困惑の表情を浮かべる文緒を見て、柊木は口元に微苦笑を浮かべる。

「魂光のことはさすがに宗隆から教わってる？　じゃあ、魂光から何がわかるかは？」

「……その人の過去とか、現在の体調とか、そういうものがわかると教わりました」

「それだけ？」

思いがけず鋭い声に怯んで口を閉ざす。柊木は呆れたような顔で「やっぱり宗隆は教えなかったか」と呟いた。

「ほ、他に何か、わかるんですか？」

尋ねる声が震えた。喋っているだけで息が乱れる。瞬きをすると目の前に白い光が飛んだが、それを無視して柊木に詰め寄った。

柊木は一瞬だけ哀れむような視線を文緒に向け、ごく短く答えた。

「感情だよ」

文緒は柊木の顔を見返して、感情、と消え入るような声で繰り返す。

「魂光は全身から放射されるけれど、感情によってその形が変わる。特に怒りはわかりやすいね。荒々しい棘《とげ》が立つ。不安になると波打つし、悲しいときはまだらになる」

「待ってください、感情って、本当にそんなものがわかってしまうのなら、私……」

うろたえる文緒を見て、柊木はおかしそうに笑った。

「そうだよ。だから君が宗隆のことをどう思っているかも、全部見えた」

「ま、まさか師匠にも見えて……⁉」

「当たり前じゃないか。あいつは気づかないふりをしてたみたいだけど」

文緒は愕然と目を見開く。信じられないが、思い当たる節もないではなかった。宗隆はときどき妙なタイミングで文緒から顔を背けたり口ごもったりすることがあったが、思えばそれは、決まって文緒が宗隆への恋心を再確認しているときではなかったか。

全部伝わっていたのかと思ったら猛烈な羞恥に襲われ、最早体を起こしておくこともできなくなった。ずるずると体が傾いて、ソファーの肘掛けに身を預ける。

「それじゃあ、幻香師は全員他人の感情が見えるってことですか……？」

「それはちょっと誤解があるな。幻香師だってそう簡単に他人の感情はわからない」

「でも、魂光の形を見ればわかるって……」

柊木はソファーに凭れて足を組み、そうなんだけどね、と微苦笑を洩らす。

「本来魂光は、ごく微量にしか放出されない。全身を薄く覆うベールみたいにうっすら見えるだけだから、俺たち幻香師でもよほど注意を払わないと見えない。でも稀に、これを大量に放出する人間がいる。少し離れたところからでもわかるくらいに」

そこで一度言葉を切って、柊木は文緒の顔を覗き込んだ。

「それが君だよ」

文緒は上手く返事ができない。それがどれだけ特異なことなのかすぐには理解できずに黙り込んでいると、柊木がわかりやすく解説してくれた。

「魂光を大量に放出する人は大抵、人生が波乱万丈だね。例えばマリーアントワネットとか、ナポレオンとか、歴史上の人物に多い」

「マ、マリーアントワネット……」

あまりにも有名な名前に唖然として、オウム返しすることしかできなかった。

「魂光を大量に放出する人間は、本人の意思に関係なく身近なものに自分の魂光をまとわせてしまうんだ。並みの幻香師では足元にも及ばないくらい圧倒的な魂光の量だよ。だから後年、彼らの遺品は貴重がられる。歴史的な意味を持つだけでなく、手元に置いているだけで持ち主の気の巡りを劇的によくしてくれるからね。望外の幸運が転がり込んで、時にはこの世の覇権を制することすらある」

すらすらと説明を続けていた柊木がふいに言葉を切った。肘掛けに肘を置き、ちらりと文緒を見た顔はこれまでとは別人のように冷淡だ。

「だから君も俺の工房で役に立ってくれるかと思ったんだけど、残念だな」

そこまで言われて、ようやく柊木が自分に声をかけてくれた理由を理解した。スランプに陥った宗隆のためでもなければ、文緒に対する親切心でもない。

柊木は、文緒が大量に放出する魂光を利用しようとしていただけだ。

文緒自身にはわからないが、どうやら自分はもう大量の魂光を放出してはいないらしい。となれば柊木が文緒を手元に置いておく理由はもうないのだろう。眼差しから、柊木が文緒に対する興味を一切失っているのは明らかだ。

文緒は今にも倒れ込みそうな体を叱咤《しった》してなんとか座り直すと、もうこちらを見ようともしない柊木に向かって頭を下げた。

「……今まで、お世話になりました。すぐ、ここを出ていきます」

「うん。そうしてくれると俺も助かる」

当たり前だが、引き留められもしない。熱で重たい頭を上げるのも億劫《おっくう》で、文緒は俯いたまま、はい、と応じた。

どうせこの生活も長く続くとは思っていなかったが、案外短く終わってしまった。

そのことを嘆くだけの気力も、文緒にはもう残されていなかった。

「出ていくのは明日の朝でいいよ」と言い置いて柊木は部屋から去っていった。柊木なりの温情だったのだろうが、文緒はその日のうちに荷物をまとめて部屋を出た。

ボストンバッグを抱え、夕暮れの迫る街を歩く。この辺りの地理には疎く、どちらへ向かえばいいのかよくわからない。熱が上がってきたようで足元がふらつき、マンションの近くにあった公園に入ってベンチに座り込んだ。

公園の周囲に立てられた街灯に灯りがつき、文緒は項垂れて小さく息を吐く。

これで元通りだ、と思った。

一ヶ月前、アパートを焼け出された文緒は、かつて自分を救ってくれた魔法使いに会いたいと願った。願いは叶い、文緒は宗隆に再会して、一緒に暮らすことになり――そして今、一月前と同じくひとり公園のベンチに腰かけている。

願えば叶う。だがそれは一時の夢だ。そして夢から醒めるその瞬間、文緒は必ずなんらかの不幸を招いてしまう。

ベンチの背凭れに身を預け、藍色に染まり始めた空を見遣る。この妙な体質をはっきりと自覚したのはいつだったろう。強く記憶に残っているのは、父が亡くなり、伯母の家に引き取られた直後のことだ。

転校先の小学校は校庭の片隅に飼育小屋があり、一方の小屋でうさぎを、もう一方の小屋で鶏《にわとり》を飼育していた。動物たちの世話を行うのは飼育委員だ。クラスから三人選出される飼育委員に、文緒も張り切って立候補した。立候補者は文緒を含めて四人。最終的にじゃんけんで決めることになり、文緒は飼育委員になりたいと強く願った。

四人が輪になってじゃんけんの手を振り上げる、だが、「じゃん、けん」と口にしたところで、ひとりが腹部を抱えてうずくまった。突然の腹痛に襲われたその生徒は保健室に行くことになり、結局残った三人が飼育委員になった。

喜んだのも束の間、一ヶ月後には飼育小屋から動物たちが姿を消していた。鶏は伝染病で全滅し、うさぎは網を破って一斉逃走したところをカラスに襲われ、飼育小屋は空っぽになって、飼育係の仕事もなくなった。

おそらく、あれが最初の出来事だ。その後も似たようなことはたびたび続いた。

体育祭でリレーの選手になりたいと願えば選手に選ばれたが、体育祭当日は雨、延期した日も雨で、結局その年は体育祭そのものが中止になってしまう。

友達と大喧嘩をして、仲直りをしたいと強く願えば翌日友達の方から謝ってきてくれるがその一ヶ月後、友達は親の急な転勤で学校を転校してしまう。

文緒の夢が醒めるときは、いつも誰かが泣いていた。飼育小屋の周りに集まったクラスメイトや、雨降りの校庭を眺める活躍が期待された運動部員や、転校していく友達が。

だからもう、何かを強く願うのはやめようと思っていた。

けれどやっぱり、何も願わずに生きるのは難しい。

去年の暮れ、製菓学校の卒業を控えた文緒は就職活動に奔走していた。新卒採用してくれるパティスリーは片っ端から面接を受けた。望むとろくなことが起きないので、店の名前もよく見ないまま機械的に面接を受けているつもりだったが、憧れのパティスリーというものは存在する。幸い、文緒はその店の最終面接にまで漕《こ》ぎつけた。面接室の前には文緒と同じくリクルートスーツを着た女子学生がいて、自分か彼女のどちらかが選ばれるらしい。

面接の順番を待ちながら、文緒は強く願ってしまった。どうか自分が選ばれますように、と。もう願うことはやめていたはずなのに、止められなかった。

数日後、文緒のもとに不採用の報せが届いた。がっかりしたものの、それから間を置かず、今度は採用の通知が届いた。不思議に思いながらもパティスリーに向かい、文緒は初めて自分が採用された理由を知った。

最終面接に来ていた女子学生は、身内に不幸があって田舎に戻ることになったらしい。そうでなければ彼女が選ばれていたのだと知り、血の気の引く思いを味わった。

ただの偶然だろうか。それとも自分の願いが他人の人生を変えてしまったのか。

それと時を前後して伯父が蕎麦屋を始めることになり、従業員にならないかと誘われた。

伯父と伯母には世話になったし、力になれるものならなりたかった。けれど店の経営に関わったら、自分は伯父の店が繁盛するよう願ってしまうだろう。己の不幸体質に気づいてから何か願うことは避けてきたのに、就職活動中は無自覚にその戒めを解いてしまったくらいだ。伯父たちのこととなればなおさら想いにブレーキなどかけられない。

文緒が願えば、伯父の店にはきっと長蛇の列ができる。でもそれは周囲の店が集団食中毒を起こしたとかそういうことが理由で、でも伯父はそんなことに気づかず従業員を増やし、席数も増やして、そうこうしているうちに食中毒で暖簾《のれん》を下ろしていた店が復活して、伯父の店は閑古鳥が鳴くようになるのだ。設備投資や人員増加をした分、状況は最初より悪化する。その光景がありありと目に浮かび、文緒は慌てて伯父の家を飛び出した。

この体質である限り、大切な人の側にはいられない。今すぐこの場を離れなければと、伯父の家をスムーズに出られるよう強く願った。これが最後の願いだと覚悟して。

結果、文緒はパティスリーの近くに格安アパートを借りられることになり、無事に伯父の家を出て、一ヶ月後に火事で焼け出されたわけである。

(あのとき全部、諦めておけばよかったのになぁ)

もう何も願うまいと思ったのに、最後の最後で宗隆に会いたいと願ってしまった。

身も世もなく泣いていた文緒に根気強く声をかけ続けてくれた優しい魔法使いに、もう一度大丈夫だと言ってほしくなった。願うつもりはなかったのに、それは弱い心から染み出してきて、本当に宗隆は文緒の前に現れた。

だが、そのために宗隆は片腕を骨折し、依頼人から支払いを踏み倒されたのだ。挙句文緒に対する罪悪感からスランプに陥ってしまっている。

星が瞬き始めた空を見詰め、今度こそもう何も願わずにいようと文緒は思う。

文緒はスカートのポケットを探ると、珊瑚色と黄色の糸で編んだお守りを取り出した。文緒が初めて作ったお守りだ。

文緒はそっとお守りを握りしめる。先のことは何ひとつわからないが、心細くなってもこれさえあれば乗り越えられる気がした。少なくとも、不安から逃れたいばかりに何かを願ってしまうような迂闊《うかつ》な真似はしないはずだ。

（大丈夫、大丈夫……）

以前宗隆がかけてくれた言葉を胸の中で繰り返す。本当は先の見えない未来に不安しかなかったが、気がつかなかった振りでお守りを握りしめた。

お守りからはまだ微かに金木犀の匂いがして、優しい香りにほっと息をつく。少し呼吸が楽になった気がして、俯けていた顔を上げたときだった。

「文緒！」

突然大声で名前を呼ばれ、文緒は肩を揺らす。何事かと顔を上げると、誰かが公園に駆け込んできたところだ。目を凝らすが、薄暗いせいか熱のせいか、相手の顔がよく見えない。ぼんやりと近づいてくる人影を見ていたらふっと意識が遠のいて、前のめりにベンチから落ちそうになった。

「おい！　しっかりしろ！」

強い力で肩を摑まれ、はっと我に返る。

肩で息をしながら文緒の肩を支えていたのは宗隆だ。文緒は熱で腫れぼったい目を何度も瞬かせ、街灯に照らされる宗隆の顔を見上げた。

「師匠……どうして」

「どうもこうもあるか！　急に家からいなくなって捜し回ったんだぞ！」

真正面から怒鳴りつけられ、文緒は必死で姿勢を整えた。

「す、すみません、柊木さんが連絡してくれるっていうので……」

「柊木なら今日の今日まで俺に一切連絡なんてよこさなかった。ついさっき、明日にはお前が出ていくことになるからよろしく、なんて連絡が来たんだ。慌てて柊木のマンションに行ったら誰もいないし……お前はもう、勝手に動くな！」

「す、すみませ――……っ」

本気で宗隆が怒っているのがわかって謝ろうとしたが、すぅっと周囲から音が引いて、目の前が白い光で塗り潰される。体の軸が傾いていくのはわかるのだが、自分で自分の体を支え切れない。

意識を失う直前、甘い金木犀の匂いが鼻先を掠めて宗隆の言葉が蘇《よみがえ》った。

『どんな細いつながりでもいいから、縁のある人間を呼んでくれるような香を選んだつもりだ』

ならば宗隆がこの公園に現れたのは、このお守りに呼ばれたからだろうか。

(やっぱりこの人、魔法使いなんだな……)

そんなことを思いながら、文緒はゆっくりと意識を手放した。


意識を手放すときと同様、意識が戻ってくるのもまた緩やかだった。

薄く瞼を上げると、見慣れた天井が遠くに見えた。この一ヶ月、宗隆の家で文緒が自室として使わせてもらっていた部屋の天井だ。

薄暗い部屋でぼんやりと瞬きをしていると、すらりと障子を開く音がした。

「……起きたか?」

宗隆の声がするが、文緒は返事をすることもできない。まだ夢から醒め切らない心地でうつらうつらしていると、暗かった室内に橙色《だいだいいろ》の光が灯った。蛍光灯より優しい仄かな光に今度こそしっかり意識が戻る。視線を巡らせれば、枕元の座卓にレトロな笠つきのランプが置かれていた。

ふいに視界が翳り、額にひやりと冷たいものが触れた。宗隆の掌だ。すぐに離れたそれを視線で追うと、枕元に腰を下ろしてこちらを覗き込む宗隆と視線が交わった。

「……気が底を尽きかけてるな。だいぶ前から取り込む量より、魂光として発散する量の方が多くなっていたんだろう」

宗隆は文緒を見詰め、独白じみた口調で呟く。

「ひびの入った花瓶みたいなもんだな……。すまん、ひびを入れたのは多分、俺だ」

文緒はぼんやりと宗隆の顔を見上げていたが、その顔に後悔の影が過ったのを見て目を見開いた。

「違います、それは、私が勝手に、お守りなんて呑んだから……」

無理やり喉から押し出した声はカサカサに掠れていた。熱のせいで口の中が乾き切っていて、咳き込むと宗隆が慌てたようにペットボトルに入った水を差し出してくれる。文緒は水を受け取ろうとせず、必死で布団に起き上がった。

「おい、無理するな。ちゃんと寝てろ」

「いえ、私は早くここを出ていかないと、私がいると、師匠まで不幸になります」

体を起こそうとしたが、宗隆が肩を摑んで布団に押し返すので上手くいかない。落ち着け、と声をかけられたが激しく首を振る。文緒は乱れた息の下から、これまで自分の身の回りで起きてきたことを打ち明けた。望めばなんでも叶ってしまうこと。でもその終わりには周囲にまで不幸が及ぶこと。

無理やり布団から出ようとしては宗隆に引き戻され、文緒は切れ切れに訴えた。

「師匠だって巻き込まれてるんです……！　私がもう一度師匠に会いたいと思ったから、一緒にいたいと思ったから、だから骨折なんてしたんですよ……！」

「だとしても別に構わない。傷なら治ってる」

「でも私の願いは一ヶ月も続かないんです！　すぐ元に戻ります、そのときまた誰かを不幸に巻き込むんです！　師匠がここのところずっとスランプで作業場から出てこられなかったのだって私のせいです、私がいたから……っ」

息が苦しい。視界が霞《かす》む。熱のせいで感情のコントロールも利かず、目の端にじわりと涙が滲んだ。

「私なんて、いなければよかった……！」

これまで見てきたさまざまな光景が目の前を過る。

飼育小屋の動物たちは、自分がいなければその後も平穏に学校の片隅で生きていただろうか。クラスメイトたちが涙に暮れることもなかったか。友達も急な引っ越しで学校を去らずに済んだかもしれないし、最終面接で一緒になった女子学生は、今頃あのパティスリーでパティシエとして働いていたかもしれない。

自分さえいなければ、と震えた声で繰り返していたら、額に軽い痛みが走った。

驚いて目を丸くしたら、眦《まなじり》からぽろりと涙が落ちた。おかげで視界がクリアになって、宗隆に指先で額を弾かれたことに気づく。

宗隆は文緒を布団の中に押し込み、深々と溜息をついた。

「少し落ち着け」

「……でも」

「いいから聞け。お前がいなかったら、俺は幻香師を辞めてたかもしれないんだぞ。それでも自分なんていなかった方がいいって言うのか」

強い口調で言って、宗隆は文緒の額に掌を押しつける。冷たい掌は心地がいい。乱れていた心音が緩やかに整って、文緒は「あの」と遠慮がちに口を開いた。

「師匠が幻香師になったことと私、何か関係があるんですか……?」

「大ありだ」

「病院で会ったときは、もう幻香師の修業を始めていたのに?」

「そうだ。あのとき俺は、幻香師の修業を続けるかやめるか迷ってたんだ」

鋭く息を呑んだ文緒の前で、宗隆は淡々と当時の状況を語る。

「もともと幻香師を目指したのも、さほど強い志《こころざし》があったからじゃない。三ノ宮グループから離れたかっただけだ」

宗隆の父親は三ノ宮グループのリゾート開発部門責任者だ。宗隆には兄と弟がおり、親族たちからはいずれ三兄弟がリゾート開発部を守《も》り立てていくのだろうと目されていたらしい。

「兄は子供の頃から優秀で父に期待されていたし、弟は持ち前の人懐っこさであっという間に人脈を広げられる逸材だ。そんな中、俺だけがこれといった特技もなく、いてもいなくてもいいような存在だった」

兄と弟さえいれば会社は問題なく回る。自分の出る幕などないのではないかと考えていたとき、宗隆は三ノ宮グループの親族会で浮世離れした老人に出会った。禿頭《とくとう》に中折れ帽をかぶり、品のいい三つぞろえのスーツを着た老爺《ろうや》は三ノ宮グループの血縁者であり、過去に何度もグループの危機を救ってきた幻香師だった。

「会社は兄と弟に任せて、俺は裏方から幻香師として二人を支えようと思った。……というのは建前で、堅苦しい会社勤めが性に合わなかったんだな。毎日スーツを着て会社に通うくらいなら、仙人みたいなことをして暮らしていきたかったんだ」

当時、宗隆は高校一年生だった。突然幻香師になりたいと言い出した宗隆に当然両親は難色を示したが、幸い宗隆には幻香師の素質があった。これまで幻香師がグループの危機を救ってきたのは事実であるし、両親は高校を卒業するまでという期限を設け、宗隆が幻香師に師事することを許してくれた。三年も修業をすれば宗隆の気も済むと思ったのだろう。

「それから師匠のもとで住み込みの修業をすることになったんだが、そこにはもう柊木がいた。街でうろついていたところを師匠にスカウトされたそうだ。師匠のところに来たのは俺よりほんの数週間前だったらしいが、俺には信じられなかった。柊木はもう何年も修業していたみたいに、なんだってひとりでできたから」

宗隆の言葉に耳を傾けながら、わかる気がする、と思った。

将来は三ノ宮グループを担うべく、お抱えシェフがいるような家庭で手厚く育てられてきた少年が、突如親元を離れて住み込みの修業なんて始めるのだ。何もかも経験のないことばかりだっただろう。

それに比べて柊木は、多分文緒と同じような人生を歩んでいる。よくも悪くも世慣れして、身の回りのことをこなすのはもちろん、親以上に年の離れた師匠との接し方にもそつがなかったはずだ。

文緒の額に置いていた手を離し、宗隆は自身の掌を見下ろす。

「幻香師の存在は知っていたが、実際弟子入りしてみるまで幻香師が工芸家のようなことをやってることも知らなかった。香炉や組紐はどこかで買っていると思ってたんだ。俺はもともと不器用だったから、組紐ひとつまともに編めず師匠に叱られてばかりだった」

比べて柊木は器用だった。宗隆が組紐を一本編む間に三本を仕上げている。しかも出来栄えが美しく、柊木と修業をしていると自信を削られるばかりだった。

さらに柊木は口もよく回り、話術で相手の気を呑むことさえできた。自分は口が回らない分、せめて柊木より美しいものを作らなければいけないのに。

「ぼろぼろのお守りを見るたび、俺には向いてないんじゃないかと思った。幻香師なんて家を出るための口実みたいなもので、本気で憧れていたわけでもない。柊木のような才能もないし、もうやめようかと思っていたとき、あの病院に連れていかれたんだ」

師匠が病室で依頼人と会っている間、宗隆と柊木はロビーで組紐のお守りを作ることになった。

苦戦しながらもようやくひとつ編み終えて顔を上げると、柊木はすでに三つ目のお守りを作り終えたところだ。見比べて、急に馬鹿馬鹿しくなった。自分の作った玉結びは不格好に歪んで楕円になっているのに、柊木のそれは美しい真円だ。それがもう三つもできている。

互いのお守りを並べておくことすら嫌になり、自身のお守りを掴んで席を立った。ついでに完成していた柊木のお守りもひとつポケットに押し込んで席を離れる。別に欲しかったわけではなく、もう一本ぐらい余計に作らせてやりたいという子供っぽい悪意から出た行動だ。

「もう、やけくそだな。柊木は作業に集中して俺が席を立ったのにも気づかなかったが、そのうち自分のお守りがなくなっているのに気づくだろう。一緒にいた俺が盗ったと考えるのが普通だし、それを師匠に言いつけるだろうとも思った。そうしたらさすがに破門になるんじゃないかと期待したんだ。親の反対を押し切って弟子入りしたのに、自分から師匠に辞めさせてくれと言うだけの度胸もなかった」

情けない、と宗隆は自嘲を滲ませる笑みをこぼす。

破れかぶれになった宗隆はロビーを離れて病院から出ていこうとしたが、最後の最後でためらって、時間稼ぎのように病院の裏庭に足を向けた。

そしてそこで、木の上で泣く文緒を見つけたのだ。

「……それで、お守りを私にくれたんですか」

「ああ」

「……柊木さんの作ったお守りを？」

柊木が作り、宗隆が魂光をまとわせたお守りが、未だに文緒の中で複雑に気を乱している。宗隆はそのことを未だに気に病んでいるのだろうと思ったが、なぜかきょとんとした顔をされてしまった。

「いや、お前に渡したお守りは俺が作ったものだ」

「え……でも、柊木さんのお守り、盗んだんですよね」

「そうだが、盗んだものを誰かに渡すのはさすがに気が引けたんだ。だから俺のお守りを渡した。柊木のお守りは、あとできちんと本人に返したぞ」

「柊木さんはそんなこと一言も……」

困惑顔で訴えれば、宗隆の顔に「またか」と言いたげな表情が浮かんだ。

「でたらめだ。あんまり柊木の言うことを鵜《う》呑《の》みにしない方がいい。あいつは目的のためなら嘘の一つや二つ平気でつく。話術で相手の気を呑むくらいだからな」

「じゃあ、あのときもらったお守りは師匠が作ったものだったんですか？」

頷いて、宗隆は文緒から視線を逸らす。

「……でも、正直言うと少し迷った。お前はひどく泣いていたし、俺なんかの作った不格好なお守りを渡してもいいんだろうか、と」

何をしても柊木に引けを取ってしまう宗隆が唯一柊木に勝っていたのは、他人の魂光を見極める目の鋭さだけだ。幼い文緒の体から漏れる魂光は不安定に波打って、今にも消えてしまいそうなくらい薄まっていた。精神がひどく消耗している証拠だ。

美しいものを見れば一時でも気が静まる。自分の作ったお守りより柊木のそれの方が見た目に美しいのはわかり切っていたが、それでも宗隆は自分のお守りを手渡した。見目は悪くとも、一目一目に魂光を込め、持つ人の幸運を祈りながら作ったことは間違いない。

不器用に編み込まれたお守りを、文緒は大事そうに両手で受け取った。宗隆は「大丈夫だ」と繰り返すことしかできなかったが、相手は少しだけほっとした顔を見せてくれて、その顔がしばらく目に焼きついて離れなかった。

「幻香師見習いの作ったお守りだ。魂光もまとわせたが微々たる量で、効果があるかどうかもわからない。それでも泣きやんで礼を言ってくれたあの子に、何かいいことがあればいいと思った。名前も知らない相手にそんなことを思ったのは初めてだった」

子供と別れた宗隆はロビーに戻り、柊木にお守りを返すと自分のお守り作りに戻った。

一本は文緒に渡してしまったのでひとつ余分に作らなければならず、師匠が戻ってくるまでには完成させられなかった。結果お小言を食らう羽目になったが、不思議とその日はもう「やめたい」と思うことはなかった。

「それから三日ぐらい経ってから、もう一度病院に行った。俺のお守りを渡した相手がどうなったのか気になって。もしも会えたら、師匠の作ったお守りを渡すつもりで」

文緒の父親がどの病室に入院しているのかもわからず、諦め半分で病院にやってきた宗隆だったが、運のいいことにロビーに入るや早々に文緒と再会した。相手は宗隆の顔を覚えていて、一目散に宗隆のもとまでやってくると深々と頭を下げてくれた。お守りのおかげで父親が意識を取り戻したという。

自分のお守りが効いたのか、あるいはただの偶然か。

おそらく後者だと思った。自分の作ったお守りは見た目も不格好な出来損ないだ。

宗隆は改めて師匠のお守りを手渡そうとしたが、文緒は「あのお守りがいい」と言って受け取ろうとしない。

思わぬ反応に困惑した。師匠の作ったお守りは鶯色《うぐいすいろ》の糸に金の糸が絡まる美しい色合いで、形も複雑な手元房《てもとふさ》の菊結《きくむす》びだ。糸は細く、均一に編み込まれ、どれほどの手間をかけたか一目でわかる。文句なく美しい。まとう魂光の量も桁違いだ。

頑なに受け取ろうとしない文緒に理由を問うと、意外な返答があった。

「『前にもらったものの方がいい。心がこもってる。自分もケーキを作るからわかる』って言われたな。覚えてるか？」

急に質問が飛んできて、文緒は無言で目を瞬かせた。お守りをもらってから数日後、もう一度病院で宗隆に会ったことは覚えているが、そこでどんな会話をしたのかまでは記憶にない。

師匠のお守りを受け取ってもらえず困惑する宗隆に、文緒は「もうすぐお父さんの誕生日なんだ」と言ったそうだ。だからパーティーがしたくて、毎週のようにケーキを焼く練習をしている。側面にクリームを塗るのは難しく、なかなか上手くいかない。ならしてもならしても表面はでこぼこになってしまう、と。

『あのお守りの丸い部分もぼこぼこしてたけど、丸くしようって頑張ったからでしょう？わかるよ。あそこだけ糸がぼさぼさだったから。ケーキも綺麗に塗ろうとして、何度もクリームを重ねるうちにスポンジがぼろぼろになっちゃうから、わかる』

文緒はまっすぐに宗隆を見上げ、迷いなく言い切った。

『一生懸命作ってくれたのがわかるから、あのお守りの方が効くと思う』

そう言ってにっこりと笑う文緒の体からは、明るい色の魂光が溢れていた。

「あのとき初めて、幻香師の仕事がどういうものかわかった気がした」

歪なお守りに込めた魂光が多少は効果を発揮したのか、あるいは「大丈夫だ」と飽かず宗隆が繰り返したのがよかったのかはわからない。それでも、他人の運命にそっと手を差し伸べるような実感を初めて得た。ささやかな言葉とお守りが、目の前の子供の魂光を確かに変えたのだから。

一方で、生半可な覚悟で他人の運命に手を出してはいけないという戒めも得た。今回はたまたまいい方向に物事が進んだからいいものの、本来なら自分のお守りはまだ他人に渡していいレベルの代物ではないのだ。

もう二度とこんな半端なことはすまい。次こそは、と心に決めた。

「あの出来事がなければ、俺は幻香師になると腹を決めることができなかったかもしれない」

柊木と修業をしている間は、どうすれば柊木のように効率的に美しいものが作れるのかということしか頭になかった。早くなければ、美しくなければと焦る自分に、子供は「ぼこぼこしているのがいい」と言ってくれた。

組紐にしろ香炉にしろ、柊木は何かを作れば作るほど完成させるまでの時間が短くなる。逆に自分は、同じ物を作る回数が増えるほど仕上がるまでの時間が長くなった。前回は見えなかった粗が見えてしまうからだ。そんな自分が不器用でどうしようもなく思えていたが、違うのかもしれない。

泣きじゃくる文緒にお守りを差し出すとき、柊木のお守りと自分のお守り、どちらを渡すか一瞬悩んだ。最終的に自分のお守りを渡したのは、これを持つ者に幸いがあるように、と強く祈りながら作った自覚があったからだ。他人の作ったものでは、確信を込めて「大丈夫だ」とは言えなかったに違いない。

その日を境に、宗隆は自分の作るものと柊木の作るものを比較しなくなった。柊木のように器用に整ったものを作れなくてもいい。その代わり、自分は魂光だけでなく祈りを込めて物を作ろうと思った。

依頼人にそれを差し出す手が、目が、迷わないように。気の利いた言葉などなくとも、自信を持って差し出す気持ちが相手に伝わるように。

「修業を終えて独立したあとも、効率が悪いだの原価がかかりすぎてるだの、外野の言葉に惑わされそうになるたびあの子供の言葉を思い出した。いつか礼が言いたいとも思ってたんだ」

昔のことを語る間、どこともつかぬ宙を見詰めていた宗隆がこちらを向く。

「ありがとう」

そう言って、宗隆は口元に柔らかな笑みを浮かべた。

「まさかあのときの坊主がお前だとは思わなかったが、一緒に暮らすようになってからも何度か背中を押してもらって、感謝してるんだ」

「わ、私、何かしましたか……？」

「自覚がないならそれでもいいが」

宗隆は眉尻を下げ、溜息に乗せた声で呟いた。

「自分なんていない方がよかったなんて言わないでくれ」

宗隆が座卓に腕を伸ばして何かを取り上げる。目の前にかざされたのは青い組紐だ。長い紐を菊の花の形に結び、紐の両端に房をつけている。

「十一年前、病院でお前に渡すために師匠に作ってもらったのと同じ形だ」

文緒は布団から腕を抜き、菊結びにされた組紐を手にした。花びらの多い菊の花を模した菊結びは、一本の糸でこんな形を作れるのかと驚嘆するほど複雑に結ばれている。

だが文緒が何より驚いたのは結び方ではなく、組紐そのものだ。

文緒は紐の表面をそろりと撫でる。紐だ。間違いない。でもにわかには信じられない。青い糸の中に光沢を帯びた銀や紫や桜色を無数にちりばめた組紐は、まるで表面に螺鈿を張りつけたかのようだ。

何度も紐を指先で撫でる。貝の内側で光るあの複雑な色合いを、細い糸を編み込むことで再現していると理解するまでに時間がかかった。いったいどれほどの種類の糸を使ったのだろう。十、二十、もっとか、想像もつかない。

「この糸を編むために、ここのところずっと作業場にこもってたんだ」

文緒は組紐に目を奪われたまま、息を震わせて呟く。

「柊木さんは……師匠がスランプで作業場にこもってるんじゃないかって……」

「だから、あいつの言うことは信じるな。ほとんど口から出まかせだ」

宗隆はげんなりした口調で言うと、組紐を持つ文緒の手を取った。

真上から宗隆が顔を覗き込んできて息が止まりそうになる。自分の感情が宗隆に見えていることを思い出して布団に潜り込もうとしたが、宗隆があまりにも真剣な顔でこちらを見詰めてくるので動けない。

「お前がこのところ頻繁に熱を出したり眩暈を起こしたりしているのは、長年膨大な量の魂光を放出し続けて、気が底を尽きかけているからだ。そんなふうに気の巡り方がおかしくなったのは、俺が作ったお守りを呑み込んで、他人の気が体内で循環するイメージを強く持ってしまったせいで間違いない。このお守りはその思い込みを打ち砕く。貝が砕けて螺鈿になるように、お前の呑み込んだお守りも砕けて消える。そう強くイメージしてくれ」

組紐ごと文緒の手を握りしめ、宗隆は懇願するような口調で言う。

「頼む、信じてくれ。魔法にかかってくれ。これ以外、他にどうやってお前の気の乱れを鎮めればいいのかわからない」

宗隆は本心から文緒を案じてくれているのがわかるのだが、急に顔を近づけられた文緒は目を回しそうだ。

もう二度と会うこともないと覚悟していた想い人が目の前にいて、自分を案じてくれている。そう自覚したら心臓がかつてなく早鐘を打って、喉の奥からひゅーひゅーと不穏な息が漏れた。目の前が霞むのは、熱がまた上がってきたからだろうか。

「し……師匠、これ以上は……し、死んでしまいます……」

「どうした、気分でも悪くなったのか？」

宗隆が慌てて身を起こす。文緒は息も絶え絶えになって、自身の胸元を握りしめた。

「師匠には、今まで本当に、お世話になって……」

「おい、よせやめろ、縁起でもない」

冗談ではなく胸が苦しくなってきて、文緒はふらふらと手で宙を掻いた。

「わ……私が持ってきた荷物の中に、タッパーがあるんです」

「あのボストンバッグか？　なんだ、出した方がいいのか？」

文緒は首を横に振り、「中にクッキーが入ってます」と告げた。

「師匠のために、作ったんです」

宗隆にきちんと礼を言えないまま去ってしまったことを悔やんで作ったクッキーだ。文緒は浅い呼吸を繰り返しながら宗隆を見上げる。

「――食べてください」

言葉の途中、片手で持った組紐から柔らかな花の匂いが漂ってきた。なんの花だろう。

バラともユリとも違う。もっと控えめな香りだ。

少し考え、スミレだと気がついた。子供の頃、食用の雑草を探しているとたまに目に飛び込んできた紫の花。ほんのりと甘い香りが鼻先を過った途端、急に瞼が重くなる。

「師匠には、いつまでも元気でいてほしくて……」

呟いてから、あ、と文緒は目を開けた。

いつまでも元気でいてほしい。それは紛うことなき祈りの言葉だ。何かを願ってはいけないと自分を戒めていたのに。

でもいいか、最後かもしれないし。そんな思いに突き動かされ、文緒は宗隆を見上げてにこりと笑った。

「クッキーに、魔法をかけておきました。これからも、貴方が幸せであるように――」

万感の思いを込めた言葉は小さく掠れ、宗隆がぐっと眉間に皺を寄せる。苦しげな顔で身を乗り出した宗隆は、だったら、と絞り出すような声で言った。

「だったら、また弟子に戻ってくれ。お前がいる間、家の中が賑《にぎ》やかで、明るくて、俺は、それだけでちゃんと幸せだったぞ」

そんなことで、と思ったがもう声が出なかった。でも、そんなことで宗隆を幸せにできるなら、どうにかして元気を取り戻したい。

かつてなく素直にそう願いながら目を閉じれば、組紐から漂う香りが強くなった。

スミレの花に似た紫色の霞が視界を覆う。

部屋に灯っていた光が薄れ、傍らにいた宗隆の気配が失せ、夜の空気に押し流されるように、文緒は深い眠りに落ちる。

夢の中でも文緒は組紐を握りしめていた。辺りは薄紫の霧に閉ざされて暗い。

ふいに手の中で組紐が光った。螺鈿の輝きだ。光は組紐を持つ文緒の手の内側に写し取られ、肌が貝の内側と同じ真珠層の輝きを放つ。指先から掌、手首、肘に向かってゆっくりと浸食は進み、やがて文緒の皮膚は柔らかさを失い、固く冷たく、虹色に光る。

しっとりと甘いスミレの香りに満たされた空間で貝のように沈黙していると、体の中で、からん、と硬質な音がした。

身の内に何かある。赤い球だ。かつて文緒が呑み込んでしまったお守りの成れの果て。

無意識に手が動いて、お守りを握りしめる。瞬間、全身を覆っていた真珠層に稲妻のような亀裂が走った。

グラスを床に叩きつけるような音が立て続けに耳の奥で響く。全身を鎧《よろ》っていたものが砕け散って、呼吸が楽になった。口を開けば際限なく甘い空気が胸に流れ込み、目一杯肺が膨らんで、みぞおちの辺りでからからと音を立てていた赤い球を圧迫する。構わず息を吸い込み続ければ、体の奥で、ぱきん、と何かが砕ける音がした。

最後に瞼を覆っていた真珠層がぱりぱりとはがれ落ち、薄目を開けると闇の中に無数の螺鈿が飛び散っていた。

暗闇で光る、青、碧《みどり》、紫、薄紅の輝き。それに交じって漂うのは、赤く輝くガラスの欠片《かけら》。宗隆が手渡してくれたお守りと同じ色のそれを見て、砕けた、と思った。

かつて文緒が自分自身にかけた暗示が砕ける。もう体の中で赤い球が転がる気配はしない。文緒は今度こそ手の中のお守りを握りしめ、安堵の息を吐いた。

闇の中に螺鈿が舞う。

星のようだ、と思ったのを最後に、文緒の意識はゆっくりと闇に溶けた。

＊＊＊

縁側から、柔らかな風が吹き込んでくる。

梅雨《つゆ》入りが近いのか、六月に入ってから空がぐずつくことが増えた。だが今日は珍しくよく晴れて、物干し場に洗濯物が翻っている。

物干し台の下にかごを置き、ばさりとタオルを広げたのは宗隆だ。慣れた手つきでひょいひょいと物干し竿にタオルをかけ、洗濯ばさみで留めていく。

その姿を、文緒は自室から布団に横たわって眺めていた。

（師匠に雑用を任せてしまっている……）

そう思うと落ち着かない。この家で暮らしているときは、掃除も洗濯も食事の支度もすべて弟子である文緒の仕事だった。しかし今はそれらすべてを宗隆が担っている。文緒が布団から出られないからだ。

柊木のマンションからこの家に戻ってきて、すでに三日が過ぎていた。

今わの際もかくやという状態で宗隆の家に戻ってきた文緒だが、翌朝にはすっかり熱も下がり、倦怠感もなくなった。食欲もある。

つまり元気だ。こちらがいたたまれなくなるくらいに。

とはいえ眩暈はまだ完全に収まっておらず、気を抜くと足元がふらついてしまうので、しばらくは布団から出ないよう宗隆から厳命されていた。

洗濯物を干していた宗隆が、今度は菜園に水を撒き始めた。あれも文緒が勝手に育てているだけなのに、律儀に世話を焼いてくれるので申し訳ない。

家の中のことはもちろん、宗隆は文緒も手厚く看病してくれる。食事の時間になれば不慣れな手つきで料理を作ってくれるし、暇さえあれば部屋まで様子を見に来てくれる。何もかも申し訳なくて、文緒は布団の中で両手を組んだ。

(どうかどうか、一刻も早く体調が回復して師匠の家から出ていけますように！　師匠がなんの不安もなく私を送り出してくれるような激安賃貸物件が見つかりますように！　たとえ一ヶ月後に火事で焼け出されても構いませんから！)

文緒の願いはなんでも叶う。

そのはずなのに、熱が下がってから何度同じ願いを繰り返しても、一向に現状が変わらない。眩暈は収まらないし、好物件が見つかる気配もなく、宗隆は文緒をこの家から追い出そうともしないのだ。

まさか本当に、不幸体質が治ったのだろうか。

宗隆からもらったお守りを握りしめて眠った夜、不思議な夢を見た記憶はある。夢の中で、子供の頃に呑み込んだ赤いお守りが砕け散ったと思ったのも確かだ。

だからといって十年以上続く不幸体質がそう簡単に改善されるとは思えず、文緒は何度でもこの家を出ていけますようにと願ってしまう。一刻も早く、今すぐにでも。

(だってもう、どんな顔で師匠と向き合えばいいのかわからない……!)

柊木曰く、文緒の本心は宗隆に全部知られているらしい。片思いの相手に自分の恋心が筒抜けだったなんて、これ以上の辱めがあるだろうか。

だから文緒は必死で願うが、叶わない。宗隆は今日もかいがいしく文緒の世話を焼く。

「具合はどうだ」

水撒きを終えた宗隆が縁側をまたいで部屋に入ってきて、文緒は慌てて布団の中で組んでいた指をほどいた。

「問題ないです。熱もすっかり下がりましたし」

返事をして布団の上に起き上がった。座ってみても眩暈はしない。

「あの、ですからもう、私……」

出ていきます、と言うべきなのに声が詰まる。宗隆に恋心を知られていたかもしれないと思うと羞恥でこの身が焼け焦げそうなのに、やっぱり慕情を捨てることはできず側にいたいと思ってしまう。

相反する気持ちで身を裂かれそうだ。言葉もなく布団を握りしめていたら、宗隆が踵を返した。

「具合がいいなら、居間に来られるか？」

「は……っ、はい、もちろん。あの、着替えていってもいいですか？」

宗隆と向かい合って話をするのにパジャマのままというのも気が引ける。宗隆は「無理はするなよ」と言い残して先に部屋を出ていった。

数日振りにブラウスとスカートを着て、文緒は手櫛で髪を整えながら居間に向かう。万が一に備えてゆっくりと廊下を歩いたが、もう足元がふらつくことはなかった。

客間を抜け、居間に続く引き戸を開けると、紅茶の匂いが鼻先を掠めた。宗隆が台所で茶を淹れている。

「師匠、お茶なら私が……！」

「いい。病み上がりなんだから大人しくしろ」

台所に駆け寄ろうとする文緒を制し、宗隆はテーブルを指さす。言われた通り席に着いた文緒は、今日こそ宗隆に言わなければ、と膝の上で固く拳を握った。

(言わなくちゃ、この家を出ていくって)

もうこれ以上宗隆に迷惑はかけられない。思い詰めた顔でテーブルの一点を見詰めていると、視線の先にタッパーが置かれた。見覚えのあるそれは、文緒が宗隆に渡すつもりでトマトのクッキーを入れておいたものだ。文緒が眠っている間にカバンの中から出しておいたのだろう。

顔を上げると今度は紅茶を差し出され、宗隆が向かいに腰を下ろした。

文緒は背筋を伸ばし、ごくりと喉を鳴らす。今までお世話になりました、と頭を下げようとしたが、宗隆が口火を切る方が早い。

「かなり気の流れが安定したな」

テーブルから身を離し、宗隆は文緒を左見右見《とみこうみ》する。

「底を尽いた気も順調に戻ってきているし、魂光も落ち着いてる。問題ないだろう」

「そ、そうですか。よかった……」

「もう少し体力が回復したら、早速修業を再開するぞ」

はい、と頷きかけて硬直した。あまりにさらりと宣言されたので受け入れてしまいそうになったが、今、修業を再開すると言ったのか。

悠々と紅茶を飲む宗隆を凝視して、文緒は震える声で尋ねる。

「私……まだ師匠の弟子でいても、いいんですか？」

宗隆は文緒を見遣り、ゆっくりとカップを下ろした。

「お前がもう幻香師に興味がないと言うなら引き止めないが」

「そ、そういうわけじゃないんです！　私だって弟子を続けたいんですが、でも、わ、私がそれを願ってしまったら、また師匠に迷惑がかかるんじゃないかと……」

そうでなくともすでに相当な迷惑をかけている。骨を折ったり支払いを踏み倒されたりと宗隆が散々な目に遭ったのは、多分文緒が原因だ。

しどろもどろにそう伝えたが、宗隆は気にしたふうもなく頬杖をついた。

「周りを巻き込むその不幸体質は、俺が渡した未熟なお守りのせいだ。でももう妙な気の流れ方はしていないし、これからは心配しなくていいと思うぞ」

「でも私……こ、魂光が見えるって、嘘つきました。……本当は全然見えないです」

長らく隠していた事実を、思い切って告白した。だましたのかと怒られるだろうし、破門は確実だと思ったが、意外なことに宗隆はさほど驚いた顔もせず言った。

「それは気がつかなかった。でも、物に魂光をまとわせることはできるだろう。イメージを定着させる能力も優れてる。職人気質の幻香師の中には魂光が見えない者も少なくない。お前だって修業次第では俺以上の幻香師になるかもしれないぞ」

文緒は無意識に胸元を握りしめる。そんなことを言われたら期待してしまいそうだ。でもこれまでの経験では、期待するほど上手くいかなかった。今回もまたすぐ駄目になってしまうのではないかと思うと足が竦む。

俯いて視線をさ迷わせていると、宗隆がクッキーの入ったタッパーに手を伸ばした。薄く焼いたクッキーを、躊躇なく口に放り込む。

はっとして、文緒は椅子から腰を浮かせかけた。

「し、師匠！　そのクッキー、トマト入りで……！」

宗隆の口の中で、ぱり、とクッキーが割れる音がする。宗隆は目を丸くして動きを止めると、口元に手を当て、くぐもった声で呟いた。

「……そうだったのか。気づかなかった」

「ど、どうです、味は……」

宗隆は無言で咀嚼を繰り返すと、ごくりと喉を上下させてから言った。

「美味い」

「本当ですか！　煮ても焼いても食べられないって言ってたのに！」

興奮してつい声を大きくしてしまった。歓喜に瞳を輝かせる文緒を眺め、宗隆はもう一枚クッキーを手に取る。よく見ると、タッパーいっぱいに入っていたクッキーは残り数枚だ。文緒が寝込んでいる間もひとりで結構食べていたらしい。

本当にトマトが入っていたことに気づかなかったのだろう。もうすぐ空になりそうなタッパーを嬉しく見詰めていると、いつになく真剣な声で宗隆に言われた。

「このクッキーには魔法がかかってるんだろう」

文緒もつられて真顔になる。そういえば、熱に浮かされながらそんなようなことを口走った記憶があった。子供っぽい言い草が今更のように恥ずかしく、はい、まあ、そのような、と言葉を濁していると、宗隆がテーブルに身を乗り出してきた。

「お前の魔法は、俺を幸せにしてくれるんじゃなかったのか?」

テーブルを隔てているとはいえ、宗隆の顔が近づいて文緒は体を後ろに反らした。

「そ、そうですね、そうなったらいいな、と思って」

「なのにお前は俺の弟子をやめるのか」

指先でクッキーを挟み、宗隆はなおも真剣な顔で続ける。

「それとも俺は、まだ魔法にかかってないのか?」

文緒は忙しない瞬きを繰り返す。熱を出したときも似たようなことを言われたが、あれは病人を勇気づけるための方便だと思っていた。でも違うのか。まさか本気で自分を弟子にと望んでくれているのか。

即答できない文緒の前で、宗隆は重ねてこんなことを言う。

「煮ても焼いても食えないと思っていたトマトを、こうもあっさり食べさせられるとは思わなかった。それだけでも俺にとっては十分魔法だ。実家にいた頃、どんな料理人にトマト料理を作らせても食べられたためしがない。ただの料理上手とは思えん、お前の魂光の作用かもしれない」

「ま、まさかそんな……」

わからないだろう、と宗隆は強い口調で言う。

「お前の可能性が見たい。だから、弟子に戻ってくれないか」

宗隆の声も視線もまっすぐで、その場限りのことを口にしているようには見えない。信じてもいいのだろうか。随分長いこと黙り込んでから、文緒は震える声で本音を口にした。

「私……弟子を続けたいです。……幻香師になりたいです」

幻香師なんて、ほんの少し前までは存在すら知らなかった。けれどその世界を垣間見《かいまみ》て、虜《とりこ》になるのに時間はかからなかった。美しい香炉に組紐、螺鈿の細工。でもそれはまだ幻香師の入り口でしかなく、その向こうにはもっと不思議な世界が待っている。鮮やかな組紐で細い縁を引き寄せ、天上にまっすぐ立ち上る煙で死者の魂まで導いてしまう。

迷いを捨てて宗隆を見詰め返せば、「本気で言ってるか？」と問われた。

文緒は無言で頷く。もしも本当に自分の不幸体質が治ったのなら、もう己の心を偽る必要はない。自分は幻香師に憧れている。宗隆の弟子を続けたい。

宗隆は文緒の目を見返すと、ややあってから琥珀色の目を細めた。

「なら、俺も魔法にかかったんだな」

そう言ってクッキーを口に放り込み、これまで見た中で一等優しい笑顔を浮かべる。

真正面からそんなものを直視してしまった文緒は硬直して、慌ただしく宗隆から目を逸らした。

「体調が整ったらすぐに修業に戻るぞ。組合にも正式に弟子の申請をしておこう」

裏返った声で「はい!」と返事をしつつ、文緒は忙しなく目を泳がせる。

(で、弟子に戻るのはいいけど、私の感情ってただ漏れのままなのかな⁉)

もしそうなら、この先宗隆と一緒になんていられない。宗隆も宗隆だ。文緒の気持ちを知りながら今後も同居を続けていくつもりか。

文緒はドキドキと落ち着かない心臓を鎮め、恐る恐る宗隆の様子を窺う。

宗隆はタッパーに指を伸ばしてクッキーを手に取ろうとしていたが、文緒の顔を見てその手を引っ込めた。やはりばれているのかとうろたえたが、宗隆は慌てた様子もなく「どうした」と首を傾げる。

「クッキー、最後の一枚だぞ。食べていいのか?」

普段通りの顔で問われて目を瞬かせた。多分、今、自分は宗隆への好意が決壊していたと思うのだが、伝わっていないのだろうか。

(……妙な体質が治って、魂光が出る量が抑えられたから見えなくなったとか？　それともまさか、魂光を見れば感情がわかるっていうのも柊木さんの口から出まかせ？)

考え込んでいると、今度こそ宗隆がタッパーからクッキーを取り上げた。

「食べるのか？　早くしないと俺が食べるぞ」

はっとして、文緒は大きく頷いた。

「も、もちろん、師匠のために作ったので全部食べてください！」

「そうか。じゃあもらうぞ」

言うが早いかクッキーを口に放り込み、宗隆は「美味い」と口元を緩める。その笑顔を見た途端、胸に渦巻く疑念など些末《さまつ》な問題に成り下がった。

トマト嫌いにトマトを食べさせられたことも嬉しければ、こんな無防備な笑みを向けられるのも嬉しくて、かぁっと頬に血が上る。再び宗隆への好意が胸の中で決壊したが、向かいに座る宗隆は動揺した様子もない。

やはり魂光で感情が見えるなんて柊木の嘘だったのだ。それよりも、いつになく優しい顔で宗隆に見詰められるのが気恥ずかしくなってきて、文緒は慌ただしく椅子を立つ。

「あの、紅茶のおかわりを淹れてきます！」

「一口も飲んでないのにか？」

「あっ、そうでした、いただきます！」

文緒は中腰のままカップの中身を一息に飲み干す。どう見ても無茶苦茶な行動だったが、余裕を失った文緒はその自覚がない。幸い紅茶は冷めており、舌を火傷《やけど》することもなく飲み干せた。

あたふたと台所へ向かう文緒を背に、宗隆は手元のカップを持ち上げる。紅茶を一口すすって、カップの中で呟かれた言葉は文緒の耳まで届かない。

「無駄に魂光が出なくなったのはいいが、相変わらず全部顔に出るんだな……」

宗隆が赤くなった耳を掌でこすっていることも知らず、文緒は調理台に用意されていたティーポットに湯を注ぐ。ポットの中身は宗隆が選んだハーブティーだ。茶葉の中に、小さな花が紛れ込んでいた。

なんという花だろう。組紐や香の調合だけでなく、こんな知識も教わりたい。いつか自分の作った菓子で誰かに魔法をかけられたら、一緒に美味しい紅茶も出せるように。

知りたい、と思った。そんなささやかな願いを、これからは胸の底に押し込めなくてもいい。嬉しさを隠し切れず、文緒は唇に笑みを浮かべてポットに湯を注ぐ。

台所には、文緒がまだ名も知らぬ花の香りが広がっていた。

二見サラ文庫

本作品に関するご意見、ご感想などは
〒101-8405
東京都千代田区神田三崎町2-18-11
二見書房 サラ文庫編集部　まで

本作品は書き下ろしです。

恋《こい》する弟子《でし》の節約術《せつやくじゅつ》

著者　青谷真未《あおやまみ》

発行所　株式会社 二見書房
東京都千代田区神田三崎町2-18-11
電話 03(3515)2311［営業］
03(3515)2314［編集］
振替 00170-4-2639

印刷　株式会社 堀内印刷所
製本　株式会社 村上製本所

落丁・乱丁本はお取り替えいたします。
定価は、カバーに表示してあります。

ISBN978-4-576-20100-9
https://www.futami.co.jp/